孔秀

张秀珍 ◎ 著

花山文艺出版社
河北·石家庄

图书在版编目（CIP）数据

孔秀/张秀珍著. -- 石家庄：花山文艺出版社，
2024.2
　ISBN 978-7-5511-6671-3

Ⅰ．①孔… Ⅱ．①张… Ⅲ．①长篇小说－中国－当代
Ⅳ．①I247.5

中国国家版本馆CIP数据核字(2024)第025773号

书　　名：	孔　秀
	KONG XIU
著　　者：	张秀珍
策　　划：	郝建国　张阿莉
特约编辑：	杨　敬
责任编辑：	于怀新　王　磊
责任校对：	李　伟
封面设计：	陈　淼
出版发行：	花山文艺出版社（邮政编码：050061）
	（河北省石家庄市友谊北大街330号）
销售热线：	0311-88643299/96/17
印　　刷：	河北新华第一印刷有限责任公司
经　　销：	新华书店
开　　本：	710毫米×1000毫米 1/16
印　　张：	13
字　　数：	180千字
版　　次：	2024年2月第1版
	2024年2月第1次印刷
书　　号：	ISBN 978-7-5511-6671-3
定　　价：	40.00元

（版权所有　翻印必究·印装有误　负责调换）

《孔秀》电影海报

《孔秀》电影剧照

《孔秀》电影剧照

《孔秀》电影剧照

《孔秀》电影剧照

《孔秀》电影剧照

生命的爱与被爱
是一个人最本质的渴望
我从秀珍大姐的书中
读出了这些

癸卯夏初刘向东

河北省作家协会原副主席刘向东为本书题字

序

  我第一次来石家庄，便觉得亲切。我出生在南京，父亲和母亲在国营工厂工作，我从小生活在大厂宿舍区。南京和石家庄，一南一北两个城市，差别本应很大，但因为我是大厂工人的儿子，青少年的记忆都在20世纪七八十年代，所以便觉得石家庄似曾相识，哪怕已经过了四十年。

  2021年初秋，我第一次来石家庄，在朋友驾驶的车里向外看石家庄——大街齐整、梧桐成荫，地平线不时地在楼群间闪现——不远处尚未搬迁的大工厂的钢铁遗迹和高大烟囱在太阳下如梦初醒……我来是为了筹拍一部名叫《孔秀》的电影，这部电影就是根据当年石家庄的工人作家张秀珍女士的这部半自传体小说改编的。此前，一个石家庄的朋友将这部小说寄给我时，我还在犹豫。我已拍的八部电影，都是来自自己的小说或剧本。这将是我第一次对别人的小说进行改编并拍摄成电影，因此很慎重。但打开小说，读下去，便放不下来……

  张秀珍女士应该和我的父母年龄相仿。我在书中看到我父母一辈在他们所处的时代中真切的生命脉动；看到一个名叫"孔秀"，在乡村长大的河北女孩儿，历经坎坷，进了石家庄的一家国营染织厂。从此，无论是孔秀的身体，还是她的心灵，都有了独立的根基，生命也开始有了真正的觉醒。那是在20世纪60年代末到80年代初，作为一名国营工厂的普通女工，她朴实、坚韧的人生轨迹，让我们感受到时代背景下个体真实而又饱满的生命张力。

  在筹拍电影的过程中，我时常在想究竟是怎样一种力量，让这个普通而又有些柔弱的女性，在那个时代摆脱两段不如意的婚姻，独自拉扯几个孩子长大成人，自己最后还成为一名优秀的工人作家。我无意借此拍一个励志的电影，张秀珍女士的这部小说有着比一个励志故事更平凡、更深广的真实事迹和细节。小说内外的"孔秀",不伤感,也不埋怨;她知做人,而不仅是做一个女人;她务实,首先要让自己的孩子们有尊严地成长;她不张扬理想,只知用力向上,不沉沦。她和孩子们一起读书识字,用业余时间从初一读到高中。她在工厂繁重的劳动之余,克服身心疲惫,坚持体察身边的人情冷暖,记录下时代在普通工人身上留下的印痕。

作为一名男性导演,我对这部由女性写作的半自传体小说中对男性的观察及描述尤为关注,这也是张秀珍女士这部小说的重彩之一。我不能擅自将这部小说定义为一部"女性主义"小说,但放在中国女性主义自觉抒写的历史中,这部由一名20世纪80年代的女作家所写的一个中国女性的成长故事,以及有关她和三个男性的家庭叙事,足可以作为一个诚恳又犀利、平凡又扎实的文本存档。我最后决定拍摄这部电影,很大的动因之一,也是她在书中对几位男性有力的刻画。张秀珍女士近乎口语般朴素、明快的文学语言,让她的描述更显率真。

家庭和社会现实紧密相连,是那个历史时期的时代特色。写好一个家庭,方能写好一个时代。这也应是她作为一名作家深藏于心的抱负吧。

最后,向张秀珍女士致以深深的敬意。向她,以及我父母那代人致以深深的敬意。

王 超
2023年5月19日

一

　　石门子市坐落在太行山东麓，滹沱河南岸。这座城市是近五十年发展起来的新型城市。五十年前，这里只有一个小火车站。由于交通位置优越，又与首都相距不远，尤其是赶上改革开放、经济搞活的好机遇，这里有了脱胎换骨的改变。宽阔的柏油马路纵横交错，高高的立交桥相对呼应。一座座美丽的公园，把这座车水马龙的城市点缀得别有一番情趣。一条贯穿全市的人工清水河，似乎使城市的上空飘起几朵白云，迫使火热的太阳在夏天不敢那么干热。

　　随着上百万人生活工作节奏的加快，一所又一所大型超市相继出现。

　　在市郊的一家名为"聚宝仓"的超市里，人们常常看到一位五十多岁的女士。她中等个儿，微胖身材，衣着干净大方，圆圆的脸上戴着一副眼镜。她几乎碰不见什么熟人，退休后住在了女儿家里。

　　她名叫孔秀，是一个极普通的人。她来这里采买瓜果梨桃、茄子西红柿，各种水果蔬菜新不新鲜她一目了然。白天，她要烧出可口的饭菜，把房间整理好，还要及时赶到外孙女的学校门口，接孩子回家，给她补习功课。两年的退休生活，她已经习惯了。

　　晚上，她和外孙女一起背《静夜思》："床前明月光，疑是地上霜。举头望明月，低头思故乡。"读儿歌："秋天到，秋天到，园里果子长得好。枝头结柿子，架上挂葡萄，黄澄澄的是梨，红通通的是枣。"

　　她们背着、笑着，老少同语。她似乎正用辛苦的犁刀，一边细细地耕种着春天的良土沃壤，一边掘出了绿色生命的新的水源。

　　这天，孔秀的丈夫李世光从天津回来了，他是她的第三任丈夫，是她这几年找的老来伴儿。他到天津郊区为儿女的鸡场做守护，几个月回来一次。

　　孔秀回自己家来照顾丈夫，尽管她对他不管家很有意见，但夫妻多日不见，总不免有些牵挂。她看他人瘦了，也黑了，有些心疼。

孔秀认为丈夫也有他的优点，他的烹调手艺不错。每当他做菜时，孔秀就自然地给他打下手。他们知道药膳对人十分重要。夏天，他们做鲜拌莴苣、绿豆汤；冬天，他们做蘑菇炒肉、赤小豆粥。他们一起做的黄芪蒸鸡很是有味儿。

过上两天的二人生活，丈夫便去赶麻将场了。于是她自己单独在家，看看书和电视，买买菜，做做饭。丈夫在家待上一星期就走了，于是她又回到了女儿家里。这就是她退休两年来的生活规律。

社会上的人，有的大善，有的大恶，但绝大多数人是普通老百姓。孔秀就属于跟着地球照常运转的人潮中的一员。她日出而作，日落而息。

二

这几年，孔秀睡觉的时候，特别怕有声儿，总是睡一会儿就醒了，睡眠质量特别差，梦总是一个连一个。

有时醒了，孔秀前思后想，想生活的各种滋味，想几次婚变的残酷打击，想抚养几个儿女的艰辛。此时她就感到极为孤独，怕想不愉快的事情，那些事让她恐惧。

恐惧，是一种惶惶不安的沉思。

她极力搜索什么是最让人留恋的。她想起了儿时的点点滴滴。

儿时的记忆是那么清晰……

中国人民解放军解放石门子市时，隆隆炮声唤醒了她幼小心灵的梦。那天夜里，轰隆隆的炮声，整整响了一夜。在市区一间陈旧的小平房里，一位母亲怀里抱着一个小男孩儿，身旁一个三四岁的小女孩儿惊恐地搂着妈妈的胳膊。这就是孔秀及她的母亲和弟弟。他们不敢坐在炕上，而是坐在窗户下面的地上。一条棉被盖在她和母亲的腿上。

轰隆一声，一颗炮弹似乎落在房顶上，小小的孔秀"哎呀"一声，一头扑在母亲怀里；小弟弟哇的一声哭了。房顶上的大粗梁震动了一下，土哗啦啦地落在被面上；窗台上的油瓶子啪的一声倒了，顺着母亲头发边咕噜噜地滚在被子上，油瓶里的油咕嘟嘟地洒出来，和掉在被面上的房梁土混合在一起。

"你爸爸回来就好了。"孔秀的妈妈时时刻刻盼着丈夫早点儿回来。

可是，丈夫在火车站值班，他哪能回家？孔秀的妈妈既担心丈夫的安危，又盼着丈夫能早点儿回来，自己好有个依靠。

这一声轰响以后，不知怎么了，好一会儿没了动静。后半夜是怎样过的，孔秀不知道，因为小小的孔秀迷迷糊糊地睡着了。当她醒了以后，天已大白。院子里响起了邻居大婶的高葫芦大嗓门儿的声音："秀她妈，快起来看吧，老房东带着他娘儿们早背着大包袱逃跑了。再也没人瞪着眼睛跟咱要房钱啦！"

街上响起锣鼓声、鞭炮声、口号声、欢呼声。

小孔秀要上街看热闹："妈妈，他们说咱们解放啦！"

"不许去，人多了小孩儿会丢的。"胆小的妈妈拉着女儿的小手，进了屋。

小孔秀趴在窗台上隔着窗户往外瞧。

"解放军来啦！解放啦！"院子里的大人和孩子呼啦啦地向外跑着。

小孔秀，头顶上用红头绳扎着一束歪歪的小辫，穿着小花棉袄，长时间向外羡慕地张望着。

三

孔秀爸爸的工作有了调动。他是铁路工人。随着解放后经济的发展，石门子市西行几十里一个小火车站要扩建，他被调到了那里工作。小孔秀记不清是怎样和父母上的火车，只记得下了火车，妈妈一只手抱着弟弟，一只手拉着她，看看四周，便瞪着惊奇的眼睛埋怨地看着丈夫说："秀她爸，你这是把我们带到哪儿啦？怎么到处是山呢？"

小孔秀跟着妈妈的视线一看，吓得抱住了妈妈的腿。

满目大山、大石头、大土坡，黄乎乎的。车站卖票的房子，像镶在山根根里边，与好大好大的山相比，就像大玉米发糕边上粘着两三个白高粱粒儿。

石门子市是城市，有马路、汽车、商店。孔秀和妈妈还从来没见过山，尤其像这里，处处是山。

妈妈的一只手紧紧地搂住了女儿的头。只要有妈妈在，小孔秀似乎什么也不怕。在她的记忆里，妈妈就是她的保护神。

孔秀原来有个哥哥，在一岁多时，得黑口疮病被误诊，死了。生了女儿后，孔秀的爸爸千叮咛万嘱咐，这次可不能出差错。

爸爸也是真亲孔秀。两三岁时，孔秀爸爸不管哪天下班回家，都会给她买几个白面肉包子，回家后放在小孔秀的枕头边上，用手绢包着。小孔秀睡醒后，一见爸爸在家，就忙到枕头边去找包子吃。

她是在父母的怀抱中长大的。

孔秀的爸爸调到当时的铁路小车站时，才二十多岁，正是人生最宝贵的黄金年华。那天，他戴着铁路统一配发的深蓝色的大檐帽儿，穿着一身笔挺的深蓝色铁路服装，在闪闪发光的铁路徽章下面，白净而又乐观的面孔上，有一双炯炯有神的眼睛。他瘦高个儿，肩上挎着铁路特制的深黄色帆布大背包，背包上集中地插着红绿黄等几种能调动大火车轨道的信号小旗，兴冲冲地大步往前走着。

孔秀的爸爸走着走着，猛回头，看见妻子带着儿女，正看着荒凉的大山发愣，便哈哈大笑起来，神秘而又幽默地说道："秀她妈，你快往前看呢，前边不远的地方，可有条清清的小河！还有小桥呢，过了桥，就是咱们的家。那个村是个石头村，墙和地都可结实呢，就在小河边。你听，小河流水声……"说完，他自信地看着妻子和儿女。

妈妈和孔秀细细一听，果然远处隐隐约约传来哗哗啦啦的流水声。他们多年生活在车水马龙的闹市里，猛不丁听见大自然真切的水声，像忽然换了个世界，兴趣立刻高涨起来。

小桥、流水、人家，多么美的景色，母亲和女儿都笑了。

这个小村子几十年后发展成了镇。可当时正处于新中国成立初期，村子既穷又小还落后。全村没有一户是砖房，全是用石头建的。大点儿的石头块儿垒房屋，垒猪圈，垒大门洞，垒戏台，垒桌子凳子，垒菩萨庙。小点儿的石头块儿砌墙，铺地，码花池子。吃水的井池，也是几块大石头圈起的。一把有年头儿的大树杈做的木辘轳，见证着这村的发展。

有一条曲曲弯弯的小河，从村外流过。河流上的小桥，是用大树枝小枝丫架起的，有一米多宽，老化不堪的树桩立在水里，东倒西歪地支着横竖不齐的小枝丫。人站在桥上，能清清楚楚地从脚下看到小桥下哗啦啦的流水，匆匆忙忙的农夫推着独轮车从桥上经过，能听见小桥清亮震耳的吱吱呀呀的响声。

这里，半年糠菜半年粮的乡亲们，似乎没见过白面大米和比较精致的蔬菜。山坡上一片片巴掌大的土地上，种着玉米、谷子、白萝卜、大北瓜。夏天，女孩子还有件小衣服穿，那一个个半大小子们十一二岁了，全都一丝不挂地到处跑着玩。被太阳晒黑了的当家汉子们，唯一的社交活动就是晚上蹲在自己家的门洞口儿，端着个比自己脑袋还大一圈儿的大海碗喝粥。

粥里有萝卜丝、玉米面和面条，再撒把盐，用筷子蘸点儿香油。你要知道吃这些饭的都是壮劳力，是拉家带口、支撑门户的汉子们，最好的饭才是这样的饭！可这样的饭也不能保证天天都能吃上。

每天，干了一晌农活儿的汉子们，早饿得眼冒金星、全身无力，回到家，一见到这饭，比啥都香。能天天吃上如此饭食的人家，还是过的好日子。若谁家汉子，晚上没蹲门洞口儿吃饭，村里人就知道，这家人便是断顿了，就是连这样的饭也吃不上了。

村里也有热闹的时候，就是铁路和驻车站军队联合办的文艺演出，在打麦场上演《白毛女》《小二黑结婚》。

孔秀的爸爸扮演杨白劳，连家里人都没看出来，还为不幸的杨白劳抹了不少泪。

部队中的一个连长扮演小琴、孔秀的爸爸扮演小二黑时，人们纷纷和孔秀她妈开玩笑："你秀她爸看不上你了，快和小琴结婚了。"

孔秀的妈妈正怀着小弟弟，挺着大肚子，走道儿很慢，此时，她正提着半桶水，从街对面邻居家走过来。水桶里的水洒了她一裤腿儿。孔秀的妈妈是个从来不大声说话、见人先笑的温柔女人。遇见人，她总是抿嘴向开玩笑的人笑笑，算是给了对方回答。

孔秀妈妈的头发很亮，披肩的长发上方，一束头发蓬松地拧了一个发髻，耳朵旁边各别着一个黑针形发卡。邻居家的婶婶说："秀她妈长得就是好，生了好几个孩子了，脸上还是白里透红，人家到底是大家闺秀哩！"

孔秀爸爸看见妻子半宿半宿地在小油灯底下做针线活儿，心疼地说："跟着我，你可真受罪了。"

"为孩子忙，不叫受罪。"

"我喜欢孩子。"

"我也喜欢。"

"都让学苏联老大哥呢，当模范母亲受奖励。"说完，他们两人都笑了。孔秀爸爸不光喜欢孩子，他还喜欢看报、种花、演戏和打篮球。

就说种花吧，孔秀爸爸住在哪儿，花就栽在哪儿。他在车站票房值班，就在票房左右种了很多花。来往旅客都称赞他种的花好。

孔秀家后来搬到石门子市，在铁路宿舍住时，房前种满了花。孔秀爸爸种的花，吸引了那么多人看：月季花，婀娜多姿；柳叶桃，挺拔妩媚；江西腊，花开得像大碗一样；美人蕉，红得像火；紫红色的大喇叭花，爬上了高高的白杨树，争先献艺；晚香玉，将孔秀家门口的晚霞熏成了橘红色。除紧张的工作外，孔秀的爸爸就爱花木，爱在花丛里看书、看报、写材料。

孔秀的爸爸和部队上的连长在家里排戏。孔秀的爸爸扮演小二黑，连长扮演小琴，尤其那个连长，男扮女，扮得俊俏靓丽，娇声细气。两个人照着镜子排动作，让孔秀的妈妈当指导，逗得她抿着嘴笑。

那天，孔秀的妈妈正温柔地抱着小弟弟坐在炕边看丈夫和连长排练戏，头顶上拧着的一撮头发自然地蓬松着，眼睛又大又亮，睫毛又长又黑。连长羡慕地对孔秀的爸爸说："你可真有福气呀，家里有这么好的女人。"孔秀的妈妈难为情地说："都仨孩子了，老太婆了。"

四

孔秀后来听姑姑说，爸爸妈妈是郎才女貌、门当户对。爸爸家兄妹四个，妈妈家兄妹四个。两家都在城市里，各有一处庄廓院儿（也就是一座独立的房院），都临街，都是前屋三间设了门脸儿。只是后来家里人口多了，生活也就艰难了。爷爷养不起家了，伯伯、爸爸才进了铁路。

孔秀爸爸妈妈的关系非常好。家里艰难，子女多，但从没见过他们为此争吵过。可以说，他们就没红过脸。父母安排的婚姻未必全不好。老人是过来人，什么样的男方婚配什么样的女方，老人都前思后想、左比右量，才敢为儿女拍板。谁家养儿女也是千辛万苦，谁肯把儿女往火坑里送？

忽然有一天，孔秀的爸爸领回一套新军装。帽子上的红五角星闪闪发光。"我要和连长一起跨过鸭绿江抗美援朝！"他一边把铁路制服换成军装，一边兴冲冲地对着镜子和妻子说。

"你走了，我们怎么办？"

"共产党饿不死人，你放心，有人管。"

孔秀的妈妈笑笑，二话没说就帮着丈夫展衣领、系扣儿，还不住声地夸奖这身解放军服装合身，颜色鲜亮。

"也让我去就好了。咱俩还能做个伴儿。"

"你在家看孩子，也是支援前线。"

第二天，孔秀的爸爸回家好半天不说话。他不搭理妻子，也不逗弟弟玩，书报也没沾手，吃了饭就睡了。孔秀的妈妈在小油灯底下做了一会儿针线，没心思也就吹了灯，脱了衣服睡了。

孔秀从小睡觉就轻，她隐隐约约又听见父母在悄悄说话了。

"秀她爸，你怎么啦？是外边不顺心还是身体不舒服？"

"唉——军装都发啦，单位也开欢送会了，又不让走了。你看这事闹的……"

"为什么不让走？你没问领导？"

"我走了，谁给你养活仨孩子？"

"我呀！只要领导给我安排个活儿干，我养活呀！你去找找领导，让他再安排安排。"

"不找了，不让去就不去。前方打仗后方支援，都一样。把你一个人留下，你还怎么争当模范母亲呢？"

"那得生七八个孩子才成呢！"

"那咱就要七个孩子，五男两女。多子多女多福气，孩子大了亲人多。就是你太累了。"

"你看你说的，一只羊也是赶，一群羊也是赶，孩子投咱来了，咱就高接远迎，不能叫孩子受屈。"

孔秀的妈妈好像怕丈夫为没去成前线心里不好受，就又问了一句：

"明天，你到了单位，看见参军的人，可别又心里别扭。"

孔秀的爸爸说："肯定要别扭几天。你不想，别人也会问。不过，我想起一个故事，倒是贴合我的这种心情。"

孔秀的妈妈催促说："什么故事？给我讲讲。"

孔秀的爸爸便说："这个故事啊，名字就叫《吃饭睡觉》。"

孔秀的妈妈嘻嘻笑起来，说："哪有故事叫这种名字？这准是你自己编的。"

孔秀的爸爸一下严肃起来说："自己编？我哪有这个本事。我跟你说吧，这个故事还真有出处，是《六祖坛经》中曹溪的佛唱那本书讲的。"

孔秀的妈妈好像也严肃起来，说："哟，真的？那你快给我讲讲。"

孔秀的爸爸清清嗓子说了这个《吃饭睡觉》的故事：某次，仰山过完暑假回来看望沩山时，沩山问他："孩子，我已有一个暑假没见你了，你在那边究竟做了些什么啊？"仰山回答："啊！我耕了一块地，播下了一篮种子。"沩山又说："这样看来，你这个暑假未曾闲散过去。"

仰山也问沩山这个暑假做了些什么，沩山回答："白天吃饭，晚上睡觉。"仰山便说："那么，老师，你这个暑假也未曾白度过去呢！"

孔秀的爸爸讲完这个故事说："秀她妈，你说这故事我能编吗？"

孔秀的妈妈说："这倒是，这故事别看名字简单，内容可是挺深奥哩。还真是符合你这时候的情形。咱们虽然参不了军，咱们在工作上干好，也是一样做贡献。"

"对！对！我哪辈子修了福了，娶了你这么好个人！"

孔秀的妈妈笑了，笑得很轻，说："你能干工作，能做饭，还能演戏。我真为你感到光荣！"

"我的本事多着呢！"

两人好像都笑了。

之后，小孔秀很快就入睡了，还睡得很甜，很香。

五

　　带孩子、带弟弟妹妹是老大不能推辞的责任。小孔秀，五岁学会跪到床上给弟弟喂小米汤，为弟弟换尿布，洗小衣服；六岁学会给弟弟穿衣服和鞋袜，晚上一手端着小油灯一手挡着风，领着弟弟上厕所；七岁背着弟弟到小河里捞小鱼小虾，给妈妈做饭，抱着弟弟到军营伙房里去买菜，上山带着弟弟摘酸枣；八岁能洗鞋，洗袜子，补衣服，搓麻绳，纳鞋底；九岁能带着弟弟到镇图书馆看小人儿书，照着小人儿书画小人儿，在小学校窗户外边，抱着弟弟，偷听老师讲课。

　　妈妈给小孔秀连生了三个聪明可爱的弟弟。他们的小脸儿又白又圆，眼睛亮晶晶，一天天蹦蹦跳跳，叽叽喳喳，为一个小板凳也要吵翻了天。但只要一哄逗，他们就又高兴地和好如初。妈妈说家里真热闹，爸爸说这才像个过日子的样儿。

　　弟弟们脑袋顶上都留着一片半圆形的长头发，脑袋后边梳着一拃长的小辫儿，系着红头绳，跑起来小辫儿一蹦一跳的。二弟因为吃奶时间太短，曾找奶妈奶了一年多。

　　弟弟们很调皮，只要在外边闯了祸，孔秀的妈妈就赶紧向人家赔不是。

　　同是铁路家属的邻居陈大妈说："你也不问问孩子怎么回事，就一味地赔不是，那不是太好欺负了？"

　　孔秀的妈妈说："人家找来了，肯定是孩子惹着人家了，赔个不是，人家走了，再说自己孩子吧！"

　　陈大妈说："我可没这好脾气。谁找到家了我就跟他理论理论，孩子好欺负，大人不好欺负。秀她妈我告诉你，他们村里人抱团儿，我们铁路家属也应该抱团儿。我给孩子煮奶的小钢锅，被房东的儿子偷走了，我追问出来。抻着那小子的耳朵，囔了他半条街，叫他出出丑，看他还敢拿我的东西不？西院三家铁路家属屋里都拴上了铃铛，一家受欺负，一拉绳三家铃铛响。大伙儿都不信，正气压不了邪气。他们给孩子来告状，你就和他们说，等孩子回来问清楚再说。欺负了大人又欺负孩子，没门儿。"邻居陈大妈一副抱不平的样子。

孔秀的妈妈听着，难为情地笑了笑，过了一会儿，若有所思地摇了摇头，说："孩子受点儿屈，不算受屈，吃亏人常在。大姐我劝劝你，村里人抱团儿，是因为他们太苦了，怕咱们瞧不起，住的时间长了，他们就了解咱们了。"邻居陈大妈吃惊地看了孔秀的妈妈一会儿，不好意思地说："这倒是，怎么这里这么穷，家家户户的炕上除了破席子，就是几块土坯，连枕头都没有。冬天了，几个人扯着一条破棉被，哪能抗寒？"

孔秀妈妈的性格，在时时刻刻地影响着儿女们。孔秀也继承了妈妈的这种性格。这种性格，其实就是用逆来顺受去感化对方。如果对方认为自己有理，或是没在意这种感化力量，没接受改变，则反而认为是孔秀无能，那孔秀便会遭受一生不幸。因为人的承受力是有一定限度的。孔秀妈妈不懂，她只认为，自己应该先去感化对方，是非总应该有个分明了断，世界上谁也不会总是一味忍让。

那个年代，在那个小小的石头村，铁路职工和家属确实与村民常有纠纷，时不时就吵一顿嚷一顿，两伙儿人谁也不让谁。

比如打水的顺序问题。那时，村里用水要从井里边打水。人们为争个先来后到，互不相让，推推搡搡，有时险些闹出人命。

再比如，因为孩子打架，大人偏袒自家孩子，也常吵得乌烟瘴气。

孔秀的妈妈却不这样。她与村民发生纠纷时总是吃亏让人，铁路家属都为她打抱不平。

六

房东五十来岁，是个勤快的种地人，不知他原来叫什么名字，只听他堂弟叫他"粪筐哥"。他的老伴儿早已去世，既当爹又当娘地拉扯大一儿一女。女儿叫菜叶儿，十六七岁；儿子叫肉魂儿，十来岁。

这个村，人名儿起得都有点儿怪。据说，名儿叫怪了，阎王爷不注意，能长寿。"粪筐"大概表明这个人起得早，因为他每天天不明就拾回一背筐粪来。

菜叶儿，细条条的高个儿，水嫩嫩的海棠脸，肩后甩着两条齐腰长的大辫子，辫梢上结着红艳艳的头绳儿，尽管粗衣旧衫上满是大大小小的补丁，但她全身上下都透着青春的诱人活力。她很勤快，她家洗衣做饭、纳鞋补袜等所有家中的粗细活儿，都是她来料理。她走路又轻又快，手头针线又巧又细致。孔秀的妈妈爱惜地看着她飘来飘去的俏模样儿咂咂嘴说："深山飞凤凰，房东这个丫头就是一只深山的凤凰。"

可是，菜叶儿的缺点是爱贪小便宜。她趁着别人不注意，常常顺手拿走一些东西。她曾到过孔秀的家里，趁没人，棉花、衣服、菜，看见什么拿什么。

有一次，孔秀和妈妈在里边屋炕上叠衣服，她从门帘缝儿里，看见菜叶儿进外屋，抱着母亲刚脱下要拆洗的一个棉袄就走。小孔秀就告诉妈妈："房东把你的棉袄拿走了。"

妈妈掀着门帘往外看了看，沉默了一会儿，没说话，就走到外屋把所有放在明面的东西都入了柜子，连一棵没切完的白菜也放在碗橱里。

菜叶儿抱走棉袄以后，发现主人就在里屋，主人没有责备她，也不像别人说她偷东西，反而不好意思了。第二天，菜叶儿又把棉袄拿回来了，说："我比着你的棉袄裁了一下衣服，裁完了给你送回来了。"孔秀的妈妈说:"那件棉袄就是想送给你的,袖口有点儿破,你自己修修吧。"菜叶儿高兴地说:"行行行,俺长这么大,还没穿过这么好的衣服哩。"

大概菜叶儿抱棉袄的事儿,让她爹和她弟知道了。原先,她爹一直不言不语,出来进去连话也没有。这事儿以后,他看见孔秀家的人,就有了笑模样儿。有一次,在孔秀家门口,隔着门儿和孔秀她妈说话:"干草占了你家一间屋,改天我给你腾出来。"他个子很高很瘦,一蹲下来显得很可怜;褪了色带补丁的粗布褂子披在肩上,肋条一条一条的。脸上粗粗细细的皱纹,像老榆树皮。

"这两间房子我们够住。"孔秀的妈妈正做饭,炒菜的香味从屋里飘出来,"大哥,一会儿在家吃饭吧。"

"不过,得过两天,菜叶儿马上要出嫁,忙过这两天,我就给你腾房子。"他使劲抽着长杆烟袋锅儿,呛人的烟味儿也飘进屋里。孔秀的妈妈呛得咳嗽起来,一边咳嗽一边说:"大哥,不忙不忙,闺女要出嫁是大事儿,我这孩子们都还小,挤一挤呗。"

"不行,我得赶紧给你腾,你几月的月子?"

"还有两三个月呢,不急不急。"

"你有福气哩,仨小子。"老房东往石台儿上磕了几下烟袋锅儿,嘿嘿笑着站起来,两手往后一背,弯着腰走了。孔秀看见老房东一笑,眼睛眯成的那一条缝,很自然地融进了脸上的众多皱纹里。

"菜叶儿快出嫁了,我们还不知道哩,这可是大喜事儿。"孔秀的妈妈看着远去的老房东背影说。

从那以后,菜叶儿常到家里和孔秀的妈妈一起做针线,做嫁妆,还教给她搓麻绳、纳鞋底,两人常常说得很热闹。

七

村里的大槐树下,常坐着几个老太太。这几个老太太很爱跟娃娃们开玩笑,尤其是爱给娃娃们起外号。孔秀家搬进村的时间不长,她们就给孔秀的两个弟弟起外号叫"大流流""二流流"。

恰逢当时正整顿社会秩序。一次,当地派出所有两个人,拿着绳子,向树下的人打听:"这个村,有没有光吃饭不干活儿的二流子?"树下的几个老太太,便开玩笑地往孔秀家一指,说:"她家有两个。"正好孔秀的两个弟弟从家里跑出来玩。"就是他们两个。"树下的人笑着说。派出所的人一看是两个孩子,扭身就走。大伙儿轰的一声笑了。这情形让孔秀的妈妈看见了,她认为这是对孩子的侮辱。她咬着嘴唇对树下的老太太们说:"大娘,你们的玩笑,是不是开得太大了?你们给孩子起这样的外号就不合适!让派出所的人冲着孩子去更不应该!这对孩子影响多不好。"说完,孔秀的妈妈看着树下最老的大娘,眼睛里满是委屈。她希望树下最老的大娘,能说句公道话。这位大娘没料到,这个一向不笑不说话的铁路小媳妇,处理事情不含糊。她便马上道歉说:"说着耍笑哩,耍笑过去就算了。"然后那个大娘对树下的人们说:"记下啦,咱们以后谁也不许再叫孩子们外号咧,铁路人会恼哩!"这个大娘也真会做事,她扭头又笑嘻嘻地对孔秀的妈妈说:"你那俩小小子,小脸蛋儿白得像小闺女,一瞅见,就让人喜哩!俺们羡慕你哩。"她说得孔秀的妈妈扑哧一声笑了。

以后,孔秀的妈妈再从槐树旁边过,槐树下乘凉的那些老太太便招呼说:"孔家媳妇儿,有时间到这儿坐会儿吧!整天看你忙哩,勤快哩。"孔秀的妈妈笑笑说:"您老在这儿,离我家这么近,渴了到家喝水去!"

孔秀的妈妈从来不招惹人,她说自己从小胆小怕吵架。别人说她是安分人。真的,孔秀妈妈连动物都躲着。孔秀带弟弟晚上上厕所时,她说:

"你姐端着灯在前边走,你们在后边擦着地走,别抬脚。上完厕所赶紧回来,别拿着灯乱照。"孩子们听妈妈的话,老老实实地擦着地皮走,不抬脚。孔秀一手端着小油灯,一手挡在灯旁边,两只脚也擦着地皮走。究竟是为什么谁也没问过妈妈。

忽然有一天,小弟弟无意间抬了一下脚,落下脚时扑哧一声。"姐姐,我踩着什么了,拿灯来看看。"孔秀用小油灯往地上一照,几个人不约而同"哎呀"一声,谁也不敢动了。妈妈听到动静,忙从屋里走出来说:"不让你们抬脚,非抬脚。快回来吧,别站着啦。"

原来,地上爬满了大蝎子。一只只大蝎子都有两寸多长,鼓着大肚子,全身是黑色的,长长的尾巴,尾巴尖翘得高高的。人若走一两步就会踩死一两只,人能听见脚下"扑哧、扑哧"乱响。妈妈看着死去的大蝎子,心疼地说:"你们知道你们伤了多少条小生命啊!它们肚里全是小蝎子呀!"

有一次,孔秀的妈妈和邻居陈大妈说:"昨儿晚上,趁孩子们睡了,我做点儿针线吧,没料到,从房梁上扑通一声掉下一团东西。我扶着炕沿往下一看,有一条一米多长的大青花蛇,顺着墙根爬到外屋,钻到草房子里了。"

"你怎么不拿剪子尖砸它?"陈大妈不假思索地说。

"它又没惹着咱,干吗害人家?"孔秀的妈妈疑惑地问。

"那你还有心思做针线?"陈大妈停顿了下,又接着问。

"那就早点儿睡呗。"孔秀的妈妈斯文地笑笑。

"要叫我啊,抄上个东西就砸它!砸死了叫孩子他爸剥着吃。"

"我可不敢砸,俺秀她爸也不让杀生。何况,蛇有灵性哩。"孔秀的妈妈连连摇头。

陈大妈说:"你心善。"

孔秀的妈妈低下头,抿着嘴笑了。

邻居陈大妈比孔秀的妈妈大不了多少。按当时的风俗习惯,婚后的女子谁大谁小,随丈夫的年龄定。陈大妈和孔秀妈的岁数差不多,但陈大妈的丈夫年岁稍大些。陈大妈也是铁路家属,原籍是天津。她长得人高马大,大眼睛,大鼻子,大嘴唇,下巴颏儿却显得小一些。她很爱打扮。她的头发挺长,头发拢在脖子后边系了条花手绢。她爱光着脚,趿拉着尖口黑鞋,个子足有一米八。她比她丈夫还高半头。女人长得太高也不好意思,她爱往低里就,时间长了,就显得有些驼背。她很白,又爱美。她的嘴唇上、指甲盖上,常常都是红色的。她爱吸烟,右手的食指和中指间常夹着一支点着了的烟卷儿。她说话声高音大,很能干。小孔秀和妈妈两人抬一桶水,陈大妈自己提一桶水。她提着水快走两步就超过她们了。陈大妈还爱打抱不平,有的村民抱团儿欺生,不管有没有她的事儿,她都站出来说话。

村里井少人家多,尤其是铁路家属进了这个村,常常是排着队摇辘轳打水。每每是村民们连着打完了,才轮着外来的铁路户们打。双方曾为此争吵过多次,但不起作用。两伙人争来争去,最后还是由本地的人先打,外地铁路家属让步。

有一次,陈大妈不干了。她左手按着辘轳把儿,右手挥舞得老高当指挥棒,声音比平时高出八倍多,俨然一个调兵遣将的指挥员。她对着排队的人们说:"种田地的、开火车的、领孩子做饭的,都是跟着干革命的。谁都要吃水做饭,都重要!谁来打水,谁排队。谁再来了就往前挤,谁再加塞儿不遵守纪律,老娘我就把他摁到井里喂王八!"

"哈哈哈,这井里没有王八有蛤蟆。晚上咕呱乱叫。"不知本地人谁说了一句。

人们轰的一声笑了。从此以后,打水按先来后到排队。

老槐树底下乘凉的老太太们,叫陈大妈"大洋马"。

陈大妈的丈夫陈大伯,白白胖胖,四方脸,大背头,走起路来仰着脸，八字脚。他也是天津人，在火车站卖火车票。他爱钓鱼，一到星期天便拿着鱼竿儿和网兜儿，到河边儿去钓鱼。他有时钓得多，有时钓得少，有时一条也钓不着。他只要是去钓鱼，回来一进大门洞准是喊："小莲她妈，我回来啦。咱吃什么饭啊？"

陈大妈嘟囔着说："这穷地方，有什么好吃的？连把白面粉都没地方偷，小米干饭管够就不错。"

于是，陈大妈家开饭了。她家有一个女儿叫小莲，小莲和小孔秀年岁相仿。小莲头上爱系着一个粉色蝴蝶结。她不喜欢说话，喜欢在树下打毛手套和毛袜子。她头年还给她妈打了一个毛坎肩儿。毛线不知道用了多少年，坎肩儿正面挺光，后面疙瘩连疙瘩，颜色也不一样。小莲跟她爸妈学的是一口天津话。

一天，小莲神秘地把小孔秀喊出屋，说领她去个好地方。

小莲领小孔秀在村里边，曲里拐弯地走了老半天，走进了街上一个大门洞。大门洞房顶上竖着一块牌子，说这是村公所图书馆。

这是解放军帮着村里建起来的一个小小图书馆。在这个小图书馆里，除了几本薄薄的有字书外，都是带画的书。这些书七零八落地放在一个大木案子上。房子不大，墙上抹的白泥皮都掉了，露着里面的麦秸土。一个戴旧白毛巾的老头儿，穿着黑粗布的对襟褂子，见两个城里的小闺女进来就说："是铁路上的，来看书吧？"他又冲着木案上的书一指说，"也就是你们爱看这玩意儿，看完给我把门关好。"说完，咣当一声，自己带上门走了。

孔秀在零乱的书堆里看见一本彩色的大画册，内容是一个农村男孩儿，背着书包从铁道旁边路过，他走着走着，看见一个坏人正在把一块大石头放在铁轨上。火车轰隆隆地开过来，小男孩儿为救火车上的人，一个箭步跃上铁道，拼命把大石头推下道轨。火车呼地从他身边驶过。

"他真勇敢，他是英雄，我要做这样的人！"

这时候，小孔秀的心里闪出这句话。这一闪的信念，在她幼小的心灵里，扎下了很深的根。

小莲好像带她到这个图书馆，就是为了看这本小英雄的画册。那个看管图书馆的老人，好像仅仅给了她看这本小英雄画册的时间。小孔秀刚看完这本小英雄的画册，还没顾得上看看其他书的内容，那个看管图书室的老人就又急匆匆地回来了。他推开门进来就说："以后，书整理好了，你俩再来看吧。今天，你们都回去吧！回去吧！"小莲便拉着小孔秀的手，不高兴地噘着小嘴儿说："不让看就不让看呗，走，回家去！"

有一天，小莲哭着找孔秀的妈妈诉苦。她说她的爸爸妈妈打了好几次架。一打架就没人做饭，她饿得不行。

"你先在我家吃吧，我回头找他们。"孔秀的妈妈让小莲在自个儿家喝小米粥，吃白面和玉米面烙的饼，吃炒绿豆芽菜。

孔秀的妈妈劝解过好几次小莲的父母。后来，孔秀才知道，小莲的父母是为别人打抱不平才导致自己家庭生活的混乱的。

八

孔秀的妈妈连生了三个儿子，盼着再生一个女儿，认为两个女儿好做伴儿。

一天，她问女儿小孔秀说："你愿意要妹妹吗？"

小孔秀想也没想地说："要要要，妈妈你快给我生个妹妹吧！我可想要妹妹了。"

果然，时间不长，孔秀妈妈的肚子又大起来。孔秀爸爸对她说："以后不许你担水了，我每天记着把水缸打满。"她却说让几个孩子抬水吧。

有邻居说："秀她妈，够你累的。"

孔秀的妈妈说："有小秀帮着我干那么多活儿，不累。"

邻居们纷纷说:"她家的大闺女小秀,也真能干,洗菜、淘米、做饭、刷鞋、洗袜子、纳鞋底、补衣服……小小的孩子,干那么多的活儿!俺就没见孩子玩过。"

"小秀一带孩子,就是仨。她脖子上搂一个,一只手拉一个。她脖子上的老三,两个小脚丫儿别在他姐的脖子底下,别得紧着哩。有一次,我试着往下抱。他两只小手,抱住他姐的头,嘿嘿,我硬是没抱下来。"

"你没见小秀那闺女,领着她仨兄弟,到军营里去买菜。她一听说茴香不要钱了,别的菜也不买了,一个人抱了几大捆。弟弟们在后边跟着她,排着队就回来了。那天,一个院儿都吃茴香菜,没花钱。"

"人好有好命。人家小秀她爸她妈心眼儿好!他们是上辈子修下了,孩子们个个听话。"

小孔秀盼妹妹,问妈妈:"妹妹什么时候来呀?"

妈妈说:"快了快了,布谷鸟一叫,你妹妹就来了。"

小孔秀问妈妈:"妹妹来了,叫什么名字啊?"

妈妈反问小孔秀:"你说叫什么名字呢?"

小孔秀想到解放军对人好。解放军的连长还和爸爸演小二黑结婚、演白毛女,就说:"叫'军'吧,解放军的'军'。"

"女孩子怎么能叫解放军的'军'。要是生个弟弟,就叫解放军的'军',要是生个妹妹,叫你爸爸起个好名字吧。"

爸爸正在里屋看报,他听见娘儿俩的对话,便放下报纸笑呵呵地走到外屋,用手抚摸着女儿小秀的头,弯着腰高兴地对小秀说:"我女儿真长大了,还会给妹妹起名字了。好吧,要是这次你妈生了妹妹,就叫君子的'君'吧。"说完,爸爸直起腰来,笑着数着手指头说:"小秀、小志、小民、小寅,再来一个小君。我的孩子们的名字,多好听啊!哈哈哈,谢谢你!"爸爸回头给妈妈敬了一个军礼。

妈妈不好意思地转过笨重的身子说:"净让你一天叨叨五男两女,看把咱小秀累得。"说完，妈妈看着女儿的头发说，"小秀，过来，我给你把头梳梳。"

妈妈一边给孔秀梳头，一边叨叨丈夫："嫌孩子名字好听，你也跟村里人学。男孩子叫狗娃、臭小儿、山药蛋儿、北瓜……女孩子叫丑丫儿、领弟儿、妮子、满月……"说着说着，孔秀的妈妈自己也笑了。

有一天晚上吃饭，孔秀忽然觉得头痛。妈妈用手一摸她的头，烫得很。妈妈赶紧请大夫来看。大夫看看孔秀的手，看看她的脸，让她张张口，看看嗓子，说她是出了麻疹。

大夫问："这孩子多大啦？"

妈妈焦急地答："八岁。"

"过去出过麻疹吗？"

"没有。"

"这可不太好。孩子年龄大了，出麻疹有危险。我先开两服药，看能不能把麻疹逼出来。麻疹出来了，这是孩子的福气。孩子如果吃了药，麻疹还没出来，我就没办法了。"说完，大夫皱了皱眉头，捋了捋八字胡，整理好药箱走了。

孔秀爸爸下班回来，端着妻子熬好的药，亲自喂小孔秀喝。小孔秀无力地坐起来，头沉得抬不起来，两眼想睁也睁不开。她在父母的照顾下，勉强喝了两口药，就哗地一下吐了。她又喝了两口药，哗地一下，又吐了。孔秀妈妈两手捂着脸哭起来，一边哭一边说："药吃不下去，可怎么办哪？秀他爸，孩子病得可不轻啊，咱上石门子市给孩子看看吧。"石门子市有小孔秀的爷爷奶奶。

"先喝点儿水吧，润润嗓子。"孔秀爸爸眼里含着泪。小孔秀心疼爸爸妈妈为自己着急，她强打精神，喝了两口水没吐。孔秀爸爸说："为了治病，药苦也要硬喝下去。我的好闺女，你看咱家这个样子，我还指着你帮这个家呢！"说完，他的头一低，眼泪掉在小孔秀的手上。

小孔秀为使爸爸妈妈不着急,她咬着牙,硬把苦汤汤喝了下去。

第三天下午,两服药喝完了,麻疹还是没出来。妈妈哭成一个泪人,她连饭也没心思做,孔秀的几个弟弟在外屋直喊饿。爸爸凑到女儿耳边小声问:"秀,你想吃点儿什么?告诉爸爸,爸爸亲自给你做。"

"我什么也不想吃,我不饿。"

"四五天了,你什么也不吃,怎么能行呢?你想要什么吗?我去买。"

"爸爸,我想上麦场上看看。"

"好好好,我背你去。"

黄昏的麦场格外静。太阳还有一缕橘黄色的余光留在山顶上,将麦场、小河、火车站、村庄、小桥、山头、树木都染成了橘黄色。它连村里房墙上画的一个个防狼的大白圆圈圈,也染成了橘黄色。

小孔秀无心看这些,她的头无力地歪在爸爸的肩膀上。爸爸找了一个碌碡想坐会儿,小孔秀说:"爸爸,你走走吧。"

小孔秀从来没有注意过,村里墙上的白圈圈有那么多。

这是防止狼进村,吓唬狼的白灰圈儿。

小孔秀一家,刚开始在村里住时,妈妈带着小孔秀和弟弟,每到傍晚时,常集合在这个麦场上,等爸爸回家。只要爸爸的影子一上了小桥,他们就从河这边跑过去,有的接爸爸的背包,有的接爸爸的信号灯、信号旗……然后,全家高高兴兴地往家走。

小河的水哗啦啦地流着,水里的小鱼在绿色的水草下钻来钻去,一片一片的水草开着白花。水里的小石头,有白色的、青色的、紫色的、黑色的。这些小石头,都被水冲成了圆形。

是哪一天傍晚,再不敢到这个麦场上了?小孔秀想起来了,是村里闹狼的时候。

有一次,还不是傍晚,是大晌午的工夫,村边一庄户家里请来了把式和帮忙的人干垒墙的活儿,大人光顾着招待人吃饭,没看到孩子出了院子。

当大人想起叫孩子吃饭的时候，却找不见孩子了。大伙儿慌慌张张地到村边上去找，在一片乱树棵子底下，找到了孩子的一只脚，脚上还穿着鞋。

还有一次，那是一个傍晚，小孔秀家的近邻姥姥带着外孙女做饭。厨房门口就卧着一只狼，她们还以为是狗呢，谁也没在意。当姥姥让外孙女拉风箱，自己到里屋和面时，狼叼上女孩儿的脖子，把女孩儿背在身上就跑。老人听见外屋声音不对，她忙出来一看，狗不见了，孩子也不见了。她才知道这原来是只狼。她使劲喊起来："狼把孩子叼走啦！打狼啊！救人啊！"

小孔秀趴在爸爸的背上，心里还能想起老人撕心裂肺的喊声。那次，小孔秀全家正在吃晚饭，爸爸放下饭碗，抄起打狼的铁钩子就往外跑。后来，听爸爸说孩子救下来了。由于狼太慌张，没咬准孩子的气管。孩子得救后，脖子上落下一个疤，那个疤，小孔秀见过，挺大的。

想起这些怪怕的，小孔秀说："爸爸，咱们回家吧。"

爸爸背着小孔秀一边往家走，一边问："我的闺女，你还想要什么？都告诉爸爸。"

小孔秀不知为什么，忽然想起了奶奶："我想奶奶。"

爸爸忙说："你病好了，一定把你送到奶奶家住一阵儿。"

或许是到麦场上转了一圈儿，心不是那么憋了；或许是想奶奶，见爸爸有了应诺；或许是那两服药起了作用，总之，就在那天夜里，小孔秀昏昏沉沉地听见妈妈高兴地推醒爸爸说："秀她爸，快起来看，秀的疹子全出来了。"

爸爸急问："前心、后心、手心、脚心都出来了吗？快看看！"

小孔秀感到爸爸妈妈正在争着检查她的前、后心和手脚。看完，爸爸给她喂水，妈妈好像在旁边一个劲儿地作揖："谢谢老天爷！谢谢老天爷！我闺女有救了！我闺女有救了！"

九

　　陈大妈和陈大伯在他们家屋里打起来了。桌子椅子咣当咣当地响，还不时夹杂着两人的叫骂声。小莲一边抹眼泪，一边向孔秀的妈妈述说着自己的苦处。她说："他们一打架，就没人做饭。"

　　这是个很大的院子，正北房三大间是房东菜叶儿家，她家里还有菜叶儿的爹和弟。西屋两大间里，住着小莲和她的父母陈大伯、陈大妈。东屋两大间住的是两口子——陶叔、陶婶。南屋三间比正屋稍小一些，孔秀的家就住在南屋三间。南屋三间对着院子有两个大窗户，对着街也有两个大窗户，对着街的窗户是向阳的。虽然，窗户上只有一尺见方的玻璃可以向外观看，但前院后街看得都很清楚。尤其是街上那两棵硕大的老槐树，齐整整映入窗明几净的玻璃镜子里。据老人估计，这两棵硕大的老槐树，至今已有六百多年的历史。这样推断，这两棵老槐树还是明朝的古树。

　　临到夏天，孔秀家前后四个大窗户都由白窗纸改换成绿纱窗，屋子里的空气格外清爽。孔秀的爸爸在选住这间屋时，就暗暗对妈妈说："这间屋虽说是南屋，其实是连正屋都比不上的屋，既向阳，空气又好。"

　　不管是正屋、西屋、东屋、南屋，都是石头砌的。这个村不大，特点却极其明显，处处是石头。墙是石头墙，地是石头地，庙是石头庙，佛是石头佛，桌是石头桌，凳是石头凳。白天，勤劳的人们在石头垒成的梯田里耕种，晚上蹲在石头的门洞底下，在石头的台阶上吃饭。猪在石头猪圈里哼哼转圈儿，鸡在石头垒的窝里孵鸡生蛋。这是一个地地道道的石头村。

　　孔秀家的院子东南角有个石头大门洞，院子里的人就是经由这个大门洞进进出出。

　　小莲捂着脸，在里屋对着孔秀的妈妈哭泣。她一边哭一边诉说着父母只顾为邻居陶叔陶婶打架，连饭也顾不上做的事。她连中午饭都没吃，如今，天都黑了，她爸她妈又打起架来了。小莲正哭诉着，她的父母又在屋里动起武来。只听见噼里啪啦的厮打声里，还夹杂着陈大妈的喊叫声。

"你敢打我！你敢打我！你敢打我！"

"我叫你瞎猜疑！我叫你瞎猜疑！"

"你说你说，昨天你上她家去干什么去啦？"

"还有什么事？还不是你给老子找的闲事？如今出事了，你活该生气！"

"你不是人！你不是人！你真不是人！"

"……"

"……"

周围的人都从自家屋里跑出来敲打他们家屋门，想进去劝架。但是，门没开，打架声却停了，人们又各自回屋吃饭去了。

小莲那天是在孔秀家吃的饭。孔秀家吃抿节，菠菜鸡蛋粉条卤。抿节的做法是向村里人学的，用白面和细玉米面搅拌后，在专用的抿节床上擦入沸腾开的锅内。抿节就像短饸饹条，有的地方叫格豆儿。

小莲的父母一连争吵打闹了好几天。到吃饭时，小莲就随孔秀家一起吃饭。

好一段时间，她家才安静下来。陈大妈自己教训自己的丈夫，但再没吐过陶婶一个不是。陶叔更不知详情。以后，陈大妈断不了到陶婶那儿聊聊天，陈大伯却再也不敢登陶家的门槛儿了。

孔秀妈说，陈大妈真行，拿得起放得下，我可没那么大本事。

十

孔秀的妈妈真没陈大妈那么大本事。时间不长，孔秀的妈妈便和丈夫为类似的事闹起了别扭。而且，那事还不如陈大妈遇见的事大，她却处理得不是那么恰当。

孔秀的妈妈，是绝对的好人。她勤快、善良。她为丈夫、为孩子、为老人，吃多大的苦，也默默无闻，任劳任怨。她和左邻右舍相处和睦，孩子大人穿戴得干干净净，她把屋里屋外整理得利利索索。谁有事找她，她都让人吃、让人喝，实实在在地给人出主意、想办法。再噎人的话，她也吃到肚里不和人争吵。她自尊心极强，尽最大力量愿在人前落个"是"。家里的针线活儿多，她每天在煤油灯下做针线，一做就做到后半夜。

孔秀的妈妈过日子精打细算，不随便花一分钱，不浪费一粒米、一滴水。她连刷缸的水，都不随便浪费。每次，她都把刷缸的水大老远地端到街上那棵大槐树下浇树。

但孔秀的妈妈心胸不宽，若是有一件事让她钻了牛角尖儿，谁再想让她从牛角尖儿里退出来，是难上难。

这次的事，就是这样。

孔秀的妈妈有个外甥女，叫小玲。小玲是孔秀妈妈亲二姐的女儿，称孔秀的妈妈为姨。小玲和姨来往亲密，小玲有了事儿，不管跑多远的路，都爱和姨商量。这个外甥女的年龄和孔秀的妈妈差不多。

1945年春天，日本鬼子疯了似的炸石门子市的火车站。孔秀的爸爸此时正在石门子市火车站上当调车员。这天，听说夜班有警报，日本鬼子又要来炸火车站，还要在一夜之间侵占火车站，不少车站值夜班的人都跑了。孔秀的爸爸也想往家跑，恰巧有一个好心人提醒他："你家老少都在本市，若是日本人占了车站，到家抓你，可就麻烦了，你不来，老少受牵连。反正我没成家，老少都不在石门子市，要命就一条，一人做事一人当。你可不同，几十口老少都在本市。"

孔秀的爸爸心想，父亲、母亲、哥哥、嫂嫂、弟弟、妹妹、妻子、儿女，都是一家子一家子的，足有几十口人。他左思右想，觉得这个同事说得对，于是，便蹬车北上，去了保定府。

保定有个亲戚，就是孔秀二姨家的女儿小玲，她当时跟着丈夫随军。她丈夫在国民党队伍里任连长。小玲一看姨夫来投奔自己，自然高兴。她定要丈夫留姨夫在军队住着躲难关。她丈夫比她大十八岁，自是遇事儿随她的意。况且，小玲的丈夫是连长，说话也算数，他对孔秀的爸爸很是照顾。孔秀的爸爸当时穿着一身铁路服装，在部队很显眼，小玲的丈夫便劝说孔秀的爸爸换上军装，这样一来，吃饭、洗澡都方便。

过了几天，孔秀的爸爸打听到石门子市车站被日本人占领了，日本人正挨个儿到车站铁路职工家抓人，孔秀的爸爸更不敢露面了。他就在保定国民党部队里住了三个月。在这三个月里，小玲对姨夫关怀备至，照顾有加。她丈夫当连长，带兵执行任务，孔秀的爸爸就和小玲在营房里聊天。孔秀的爸爸还时时帮小玲照顾孩子，两人的关系自然很近。

1945年8月15日，日本投降了。保定驻扎的国民党部队要开到南方执行任务，部队上级只命令夜间开拔。这时，孔秀的爸爸对小玲说："你和孩子他爸说一下，我想回石门子市。日本鬼子一走，中国人要接车站，中国人不会欺负中国人。"小玲很快回话说："孩子他爸说了，你可以走，但是，你不能明着走。因为部队开拔前，全都登记了名字。只要现穿着军装的，一律登记上册。因此，你得跟着走一段，瞧准没人注意，你才能离开。离开了队伍，你就立刻换上你的铁路服，你要把军服马上扔掉，绝对不能让人看见。如果有人发现你换了衣服逃跑，只要有人报告了，他就得枪毙你。这是纪律！当然，没人报告，他决不过问。"

那天，孔秀的爸爸跟着部队在半夜出发了。当部队开到保定郊区时，他就趁着上厕所的空当儿，换了铁路服，跑回了石门子市车站。他又在火车站上了班。

这件事以后，小玲和孔秀爸爸的关系，有时亲近得超过了和孔秀妈妈的关系。

这次，小玲到石头村来找姨、姨夫商量事儿，即她自己和丈夫——国民党连长离婚的事儿。小玲对姨和姨夫说:"解放了,孩子他爸是国民党连长,他被打成了历史反革命,被判了二十年。我和他结婚八年,有一儿一女。我也不想破坏这个家,可是没办法呀!他坐二十年监狱,我和两个孩子怎么生活?将来孩子长大了,就是历史反革命的狗崽子,两个孩子都跟着受牵连。我离开他,给他娘留个闺女。在农村重男轻女严重,家家拿闺女不当事儿,闺女在学校,也不至于受同学欺负。我带着儿子嫁人,儿子就变了身份。我找个五代贫农,孩子就是革命子弟,我和儿子的生活,也有保证。我已到监狱和他爸商量过,他听我讲得有道理,离婚对孩子有利,他也同意了。他在离婚申请上已经签了名字,按了手印。他要闺女,我要儿子。他嘱咐我,让我把女儿给他娘送去,再变卖一些首饰,留给他娘。我照他说的办了。他当连长时,我让他多买点儿首饰,他说首饰多了让人眼红,容易出事,他要存钱,结果可好,他存的钱全被没收了,只剩下我存的首饰。这些首饰,如今可派上用场了。我用一半换成了钱,给女儿留下做了生活费。另一半我也换成了钱,带儿子一块儿出嫁。"小玲不紧不慢地说得很清楚。

小玲说这话的时候,是在傍晚的院子里。孔秀和她妈以及表姐小玲,都坐在小板凳上,地上放着针线笸箩。孔秀的爸爸坐在窗户底下的椅子上看报,孔秀的妈妈铰鞋底儿,表姐小玲也拿起剪子帮忙。夕阳的光辉,把天空照成橘红色。

孔秀的妈妈等外甥女小玲说完,问道:"你有出嫁的主儿了吗?"

孔秀的爸爸也放下报纸说:"这次得看准,不能错了。"

孔秀的表姐小玲,不急不忙一字一句地说得清清楚楚。她说:"现今,有一个在包头铁路大厂当学徒的工人,他家在石门子市近郊农村,就是他人有点儿傻,是个傻大粗。黑乎乎的,二十七八岁了。这次,经别人介绍,我俩也见了面。你说同意吧,我这么细致讲究的人,又从小生长在城里,在学堂读过书,如今,我要和一个乡里乡气的大老粗在一起过日子，我实在不情愿。可我娘愿意，她说：'你俩孩子了，人家还是个童男子。人家同意要你就行，你还挑人家个什么劲儿？再说，你嫁了个历史反革命，咱城里人都知道。俺当丈母娘的一点儿光都没沾上。如今，俺还挨人家的白眼扫、斜眼瞪，大会上还挨人笑话。你是历史反革命的媳妇，你给历史反革命还养了两个小历史反革命。人们恨国民党反动派，不拿唾沫星子喷你，也得暗地里拿半截砖砸你！趁早，你快嫁得远远的。到没人认识你的地方，消消停停地过日子吧。唉——鲜嫩嫩的闺女没好命，先前嫁个当兵的，整天怕他去打仗，一说他要开拔，部队就往回撵家属。你抱着小的拉着大的，来你娘家要饭吃。你一听说哪儿打仗，就吓得浑身打哆嗦！全家人也就跟着你打哆嗦！半夜你一听见枪声、手榴弹爆炸声，就吓得不睡觉，全家人跟着你，谁也不敢睡觉。这也好，解放了，他也被关起来了。你的条件就别挑人家了，五辈贫农的子弟，谁能有钱上学？你有文化，你就教他识俩字儿，他能看看报、写写信就行了。你过了门，也别嫌人家傻大粗。傻大粗有傻大粗的好处，傻大粗不会给你动心眼儿。黑乎乎有黑乎乎的优点，黑乎乎的人在外面不会拈花惹草。这是女人的福分。'这不，我娘催我嫁出去。我没了主意，就来和你们商量。"表姐嘴里说着话，手里帮孔秀的妈妈干着针线活儿。

小玲长得漂亮，自她进石头村，往街上一走，人们左瞧右看，看不够。她当时二十四岁，穿着葱绿色的水袖衫，葱绿色的水裤，葱绿色的绣花鞋。她个儿高，有一米六五，细溜溜儿的身材，白白净净的皮肤。她虽然是两个孩子的母亲，人却长得年轻。城里人注意营养，打扮也时尚。她原是城市里的学生，自然眼神清澈，富有神韵。她的脚步轻盈优美，脑后有两条齐腰长的黑亮亮的大辫子，一走起路来，飘飘欲仙。

孔秀妈听完外甥女的一番介绍说："你们结婚后，是在包头安家，还是在农村落户？"

小玲说："在包头安家。他在包头，我也就跟着他。若是他让我跟着他去住农村，我不干。我的这个孩子又不是他的，在农村没地，孩子受气。"

孔秀爸问："在包头，他是一个学徒工，能养家糊口吗？"

小玲说："我也有两只手，我也能找工作。再说，我变卖的首饰钱，也能贴家用，再添两口人，也不至于挨饿。"

孔秀妈说："主要是，你俩谈得来吗？现在婚姻自由，不像以前，老人包办。"

小玲说："可不是呗，国民党连长比我大十八岁。结婚那年，我十六，他三十四。我不愿意，我娘听人家教唆，说人年龄大知道亲，连长有钱。她自己做主，给我包办了这件婚事。为这，我哭过好几回。她说什么：'我当娘的能把你往火炕里推？我又不求他一分彩礼，我只求他对你好。他这人，我见了。他和邻居大娘是亲戚，知根知底，又有文化知识，长得很秀气。'这可好，还说不往火炕里推我。如今，又是我娘她黑夜白天地数落我，叫我嫁个傻大粗。这是福是祸，谁能说清？唉——我命苦，小的时候就死了爹，我又有个爱做主的娘，成天在耳朵边叨叨叨地说个不停。我的婚姻，也由不得我做主。你们知道，姨、姨夫，在我娘跟前，我一点儿主意也没有；就是我有理，也得叫我娘驳说个没理。"说完，她不由得拿出手绢儿擦眼泪。这时，不光孔秀爸妈，就连孔秀这个小小的孩子，也觉得表姐可怜巴巴的。

那天中午，孔秀妈给小玲擀的面条，打的绿豆芽肉丝卤。

吃饭时，孔秀爸对孔秀的表姐小玲格外亲近。他把饭端到小玲跟前，又忙着给她剥蒜、拿筷子、放小板凳。小玲吃完面条，他又很快地接过碗，紧赶着给她盛汤。像这些举动，孔秀是从来没有见过的。在孔秀的眼里，爸爸那时很少干家务。一切家务，都是妈妈和自己干。但妈妈很理解丈夫此时的举动。妈妈认为小玲和她前夫救过自己的丈夫，小玲对丈夫有恩，丈夫对她殷勤，是自然的，是有道理的。

那天下午，小玲帮助孔秀妈在院子里做针线活儿。小玲的手很巧，一下午便给孔秀爸缝了一件短袖衫。她缝的短袖衫很平整，针脚又小又密。见此，孔秀妈喜得连连夸奖说："看俺外甥女灵巧哩，嘴一套，手一套。你就是命不好，左一处、右一处的，让人牵挂。"小玲没接茬儿，却看着西屋陈大妈手里的剪子说："这把剪子是我姨的吗？我记得我姨有一把理发剪子。"陈大妈笑着眼一瞪说："是吗？你可看清楚——天底下一样的东西多得是！你姨的剪子有什么记号？"

孔秀妈忙笑着说："不是，不是，不是，我那把理发剪子，没进石头村。搬家时，我留给孩子奶奶了。她老人家挺喜欢那把剪子，我就留给她了。你陈大妈的这把剪子，是人家从天津带来的，这剪子样儿倒是一模一样。"孔秀妈又对陈大妈说，"俺外甥女刚来不知道，还以为这把剪子是我的。"

陈大妈不以为然地说："我说嘛，老陈的祖传剪子怎么是别人家的？我们老陈家，趁什么？说到底，也就是这把剪子。他呀，别的什么也没有！他家是真正的无产阶级。我们结婚时，铺的、盖的、蒸的、煮的家什，全是我娘家陪送的。他住在单身宿舍，公家被褥、公家床柜。他呀，只有这把剪子是他个人的家当。"

小玲机灵地一笑说："我是心里向着我姨。"说得大家一起笑起来。

头两天，孔秀全家确实过得很快活。但是，小玲在孔秀家住到第三天头上，孔秀父母便生出了矛盾。原因是，孔秀妈见到了孔秀爸和外甥女小玲的不轨行为。

不轨行为也没有多严重，只是当孔秀妈进里屋时，孔秀爸正双手捧着小玲的双手。据孔秀爸说："我见她遭不幸，正安慰她。这有什么？她是个隔辈人。"

当时，小玲也感觉心里不安。她忙撤出手说："说话就说话呗，别这样。"她忙着走出屋，去帮孔秀妈在外屋做饭。

当时，小孔秀是跟着妈妈一起走进里屋的。她也感到惊奇，怎么爸正捂着表姐的手呢！见妈妈脸色不好，孔秀便也跟着妈妈退到外屋。妈妈对孔秀说："你仨弟弟呢？叫他们回来吃饭。"又回头接过小玲手中的菜说，"你歇着吧，你是客人。"小玲难为情地说："姨，你别生气，我和姨夫真没什么。"孔秀妈没答话，只给了她一个背影。

这事发生的第二天，小玲要告别回家。孔秀爸提前给她买了回家的火车票。孔秀妈说："我四个孩子搅我，这又快加一口人了，身子不便，叫你姨夫送你上车吧。"小玲应一声，便尴尬地跟着孔秀爸走了。

打小玲走了以后，孔秀妈就开始生闷气。她只干活儿，一句话也不和孔秀爸说。她和自己孩子的话，也少得可怜。丈夫几次问她原因，她也不搭理。后来孔秀爸便在孩子们都睡了以后，对孔秀妈说："我知道你还在生那天的气。如果你的脑子老转不过弯来，胎气会受损，将来生个傻子，会劳累你一辈子的。到那时，你就是想挽救，可也就来不及了，不仅害了大人，也害了咱孩子。"

小孔秀听见妈妈哭了。她一边哭一边叹气。一听见妈妈哭，孔秀就跟着哭，哭得比妈妈还厉害。孔秀妈说："孩子，你睡你的觉。这是大人的事儿，小孩子别掺和。"

孔秀爸一边点着桌上的煤油灯，一边说："唉——你们娘儿俩这样闹，可叫我怎么办呢？"说完，下地从绳上拿下两条毛巾说，"给——都擦擦泪，别哭了。你们有什么话，明天再说吧。"

第二天天不亮，孔秀爸便起来了。他在外屋熬粥、炒菜、蒸玉米面饼子。孔秀爸做好饭，才把全家叫起来。大家起来一看，饭都盛好凉上了。吃完饭，孔秀爸又将四个孩子的衣服换下来，哗啦哗啦地洗起来，洗好搭在院子里的绳上才去上班。

孔秀妈的气小了些，但她仍然还憋着气。

那天，孔秀妈把陈大妈叫到自己里屋，放下门帘对她说了丈夫和小玲的关系以及那天她看进眼的事。最后,她问陈大妈:"这事咋办为好?"

孔秀在外屋抱着三弟玩。三弟刚会捉着饭桌边学走路,他嘴里还喃喃有词,两只眼睛晶晶亮。孔秀只想听听里屋里妈妈和陈大妈的对话,她便对三弟示意里屋有人说话,嘴里不能再喃喃了。三弟虽小,可他自小善解人意,聪明过人。小小的他,便立刻理解了姐的心意,并给了姐一个笑容,闭嘴不说了。三弟自己只挣站着,围转着桌子玩耍。

开始里屋里孔秀妈的声音很小,孔秀听不太清,可话里的大意,孔秀也听个断断续续。妈妈是在说爸在保定的事。后来,又说到爸和小玲在里屋捧手的事。

孔秀妈哭泣着说:"我眼不见为净,可如今亲眼看见了,心里别扭,和别人还好些,可他和我的外甥女,差一辈人哩。我在外屋,挺着大肚子给他们忙活饭,孔秀还抱着她弟弟玩,他们可好,在里屋背旮旯里,又搁又摸的,这算什么事!大姐,这口气我咽不下去。可她爸不承认和小玲有别的,这可让我怎么信任他们。当着外甥女的面,我忍住了话,没和他们闹。如今小玲走了,我真想问他个清楚。这次我要放过他,以后谁知……"

陈大妈的声音,有一点儿压低,她心有主张地说:"世上哪有不吃腥儿的猫。我家那口子,他和陶婶不正经。陶婶不跟我说,我还不知道哩。两口子,打就打,吵就吵,一个不要脸,另一个想要脸就能在被窝憋死。孔秀妈,你看这事这么做行不行?你先审清楚再办案。这种事儿,不冤枉一个好人,也别放过一个王八蛋。"

"咋审清楚?他们谁也不会承认有别的事儿,我又没法儿问清。这就难说他以后不会再有这类事发生。"

"这也没什么,有就有啦,没呢,也难说以后这事不发生。你生气是傻子。你气坏身子骨,孩子受窝憋。这事,又不是你的罪过,你干吗先生这么大的气?我告你说,秀她妈,新旧社会都没一条法是气死人偿命的。

女的没了，男的再找一个，没听说，哪一个男的，老婆死了，男人死守孩子到老的。可男的死了，女的死守一辈子的，有的是。人老了，孩子孝顺还好，孩子养不了老的，老的就死吗？我们天津可开放，男的几房太太有的是。新中国成立了，让男的只留一个，一般都是留小的，小的年轻，长得好，会哄人。其他剩下的几房太太，分点儿东西啊、钱啊，就都走了。此处不养爷，自有养爷处。你们这儿，听说还有男的要离婚，因为又看上别的女的，女的就哭天抹泪儿的，不愿离。还有的是离婚不离家，这是女人瞧不起自己。再说，秀她爸又没和你离婚。你逮住他们了？你也没捂到他们炕上？干吗就认定他们有事嘛！我给你出个馊主意，你看顶不顶事？"

"她陈大妈，有主意你就快说，顶着是你救我娘儿俩一次，这两天气得我光筋疼。"孔秀妈哀求说。

"行——我告诉你个偏方，你试试看吧。"陈大妈压低声音说，"她爸不是早晨早起干活儿了吗？你就让他干。你今天等他一下班，就炒几个好菜，给他打二两酒喝。告诉他，见他大早起来，又做饭，又洗衣服，心里过意不去，今儿，犒劳犒劳他。他准高兴，他一高兴，你就求他天天早起做饭。你就对他说，我身子重了，早晨太早起不来。他若同意了，你就对他以感谢为名，打上一斤白酒，劝他喝醉。然后你对他温存点儿，等他迷迷糊糊，你就装成亲热的样儿，自称是小玲，看他有吗表现。若是他那时有越轨行为，那你算抓住他把柄了。如果他很规矩，那你就是多心了，吗也别说，好好和老孔过日子。老孔大高个儿，人长得不错，又会演戏；你又好几个孩子了，轻易别闹别扭，这对你不利。小玲救过他的命，如今，小玲遭了难，他捂着她的手，安慰安慰是正常的。何况，小玲又是你的外甥女。如果老怀疑，心里解不开这个疙瘩，两家就断了亲戚，不能再来往啦！"

孔秀妈笑了："我照你说的办法试试看。"

果然，孔秀妈依照陈大妈的办法办了。

那天晚上，孔秀妈先做好饭，就领着孔秀和三个弟弟到村边打麦场上，去接下班的丈夫回来。

过去，孔秀妈也曾带孔秀他们到打麦场上接过丈夫，不过，她大多不打扮，在家穿什么，出来就还穿什么。只是在临出门时，随意用鸡毛掸子弹打一下身上的尘土而已。平时，每当看见爸爸的身影，孔秀和三个弟弟便跑过河上的小桥迎上去，有抱爸爸脖子的，有抱爸爸胳膊腿的，爸爸便高兴地将背包、信号灯递给孔秀，轮流抱三个弟弟的腰，在空中抡一会儿。三个弟弟便争着抢着，让爸爸多抡一圈儿。然后，爸爸抱一个，身后再跟着一群叽叽喳喳的儿女，走进家去吃饭。

可这次，孔秀妈临出门，却把刚做好的一身浅蓝色水袖上衣和浅蓝色裤子全穿上了。孔秀妈很白，虽然腰身粗了，但短黑发齐齐整整，白净面孔上泛着红晕，大大的眼睛里含着满满的喜悦。毕竟，孔秀妈那时才二十九岁。

在辈辈用双手从黄泥里刨野菜，从石头缝里往外抠食儿的庄户人中，孔秀妈显得大气多了。她识文断字，聪明贤惠，一举一动都显示着一个大家闺秀的风度神韵。

这次，当孔秀妈看到丈夫的影子时，她和孩子一样，喜盈盈地快步走过小河的草桥，在桥那边接过丈夫的背包和信号灯。孔秀记得很清楚，爸爸以赞扬的目光看着妈妈爱怜地说："看你，身子重，还过小草桥。桥下水可深了，你以后可千万别轻易往桥上走。"

爸爸逗完弟弟，回家过桥时，他没像平时那样，先去抱三弟，却是赶忙又接过妻子手里的背包、信号灯，还抬胳膊搀着妻子。孔秀妈高兴地说："都怀了好几个孩子了，我有这么娇气吗？"孔秀爸咂了两下嘴说："你对我孔家有恩，连生仨小子，儿女双全。他大伯仨闺女，他叔如今是一个闺女，以后生男生女还没准哩。只有咱家有仨小子了，香火不断了。"

以后，我一定好好对你。你要是有个三病两灾的，我可就惨喽！"

连着几天，孔秀妈照陈大妈的话，给丈夫都上了酒。孔秀爸喜滋滋地说："平时，你老限制我喝二两，如今，你怎么回事？天天都让我喝二两，也不说酒是猫尿啦？"妈妈笑，孔秀抱着弟弟喂饭，也笑。妈妈说："听说人一天喝二两白酒，是营养。酒喝多了，就是伤身体的猫尿了。"

"行行行！我也不想多喝，有二两足够。"

这么过了三五天，到了星期六。孔秀妈说："他爸，你天天早上起大早，又做饭，又洗衣服，人贵在坚持。我可没看走眼，找了个好丈夫。你能上班挣钱，能演戏唱角色，能大早起来做饭洗衣服。这样吧，他爸，明儿是星期天，不用上班，也不用早起，咱全家睡个囫囵觉，行吗？"

"沾沾沾，正对我心。"孔秀爸突然也学起石头村的人，说起"沾"字来。

"我给你买了一斤白酒，也不给你斟二两了，你由着喝，我也看看你有多大的酒量。"

"你若也陪着我喝就好了。"

"我要陪你喝，生下孩子准是个小酒鬼。他要顿顿喝，还有你喝的份儿？这样吧，我以水代酒，陪到底。"

这次孔秀妈买了豆腐丝和煮花生豆，还炒了白萝卜条和肉片。她怕孔秀爸先喝酒，喝坏了胃，就先让他喝了一碗小米粥。

就这样，孔秀爸一碗酒、孔秀妈一碗白开水对饮起来。一直到孔秀为三个弟弟都脱了衣服，洗了脚，照顾三个弟弟上炕睡了觉，他俩还在喝，有时还哈哈地笑两声。

孔秀睡着了。她不知道，爸爸醉了以后，都对妈妈说了些什么。只见第三天，妈妈等爸上了班以后，对西屋陈大妈说："他大妈，你告诉我的法子真灵，星期六晚上我试过了。"

"他是什么表现？和小玲有那事没？"

"有过几次小出轨的事,就是还没正经上道儿哩。他自己嘟囔说:'唉……不瞒你说,在保定那几个月,我就想亲你一口,又琢磨着,怕你家连长知道了,拿盒子枪崩了我。如今,我也真想亲亲你。可你瞧见没?秀她妈挺个大肚子,又带着三个儿子一个闺女。我若亲近了你,打心眼儿里对不起秀她妈。咱们没缘分,咱就认头吧。你有难,我帮你可以,但没缘分亲近。我知道,你也不是那种人。'"

"小玲说什么了呢?你问他了吗?"

"问啦,他说,小玲一口一个姨夫。她只有敬重姨和姨夫的心思,再没别的心。"

"这不就结啦!人家俩人都是好人,你可不能再拿屎盆子往人家头上扣啦!"

"嗯,我是放心了。谢谢你啦!"

"早上老孔还做饭、洗衣服吗?"陈大妈又问。

"他还是早起,可勤快哩。他真怕我一着急,伤了胎气。"孔秀妈答道。

"这就对了嘛。他对你好,你也要对得起他。"

"嗯——是哩!我每天晚上都带几个孩子到麦场上去接他。这几天觉得自己又年轻啦!"

"这就好,这就好,坏事变成好事了。秀她妈,再遇事儿,咱们住一个院儿多商量,可不能生闷气呀!"

十一

布谷鸟叫的那几天,一个早上,天蒙蒙亮,孔秀妈把孔秀叫醒:"秀儿,秀儿,醒醒,我给你生了个妹妹。"妈妈的头歪在枕头上,头发湿漉漉的,眼睛放着疲劳的光,嘴角有些笑意。

接生婆把一个包着小被子的婴儿放进孔秀的怀里说:"看看你妹妹吧。你妹妹刚好收拾完,你妈说你盼妹妹盼了一场病,给你,抱住她。"

孔秀揉揉惺忪的眼睛,看见自己被窝里一个小被子里裹着的妹妹,红扑扑的小圆脸上,小鼻子,小眼睛,小嘴唇鼓嘟嘟的,便心疼地抱在怀里左看右看。她惊喜地看了好一会儿,妹妹的眼睛动了一下,小嘴儿动了一下。小孔秀便对妈妈说:"妈,妹妹努嘴呢,是饿了吧?"孔秀妈无力地躺在床上,虚弱地笑着对小孔秀说:"以后,你又要记着为妹妹熬小米汤了。"

"你家的孩子弱,是得加汤水。"斑白头发的接生婆一边收拾她的剪刀、毛巾等物件,一边肯定地说。

"俺家的闺女小秀,会熬小米汤呢。小三儿就是她熬小米汤喂大的。一到吃饭,她就先盛上点儿熬稠了的米汤,爬到炕上用小勺儿一点儿一点儿地喂,有耐心着哩。屎尿褯子都是她换,可能指上哩。"妈妈满意地夸起了自己的女儿。

"头胎生的闺女都是这样,从小替娘干活儿。"接生婆临走嘱咐孔秀妈说,"这两天,叫孩子忙活两天吧,你歇歇再下炕。茨粉粥快凉了,放点儿红糖,喝了吧。"又回头嘱咐小孔秀说:"放下妹妹快起床吧!你妈得歇几天哩。"

小孔秀不舍地放下妹妹,披件衣服,下床送接生婆。接生婆说:"闺女,不用你送。你快穿好衣服,别凉着了。"

接生婆挎着个大竹篮子摇摇晃晃地走了。

孔秀的妈妈刚出月子那天,石头村本村一个和孔秀一起领弟弟玩的小姑娘豆妮儿,猛不丁地跑到孔秀家拽着孔秀妈的袖子,哭喊着说:"大婶,你快救救俺娘和俺妹子吧。"她头发乱糟糟的,浑身是土,嘴唇哆嗦着,眼睛里露出求救的目光。

孔秀的妈妈放下手里的孩子,一边用枕头和小褥子把不会翻身的小女儿放在炕中央裹好，一边让孔秀快去找陈大妈一起去。陈大妈正在家打毛衣，孔秀慌慌张张地进来说："陈大妈，我妈叫你快去和她一块儿救人！"

"什么？你说什么？救人？"她放下手里的毛线活儿，就跟着孔秀妈和孔秀，由豆妮儿领路，三步并作两步，向豆妮儿家跑去。

正是上午十来点钟的时候，大槐树下已坐着几个老太太。六月份的天气，刚收完麦子，道上不时有漏掉的麦子被人们踩散的痕迹。那些槐树下乘凉的老太太，见几个人赛跑似的模样，都惊诧了。她们一齐抻着脖子看着孔秀妈等人齐刷刷地拐进小胡同，一溜烟儿没影了。

豆妮儿家住在拐角胡同的第三家。豆妮儿一进院子，就直奔窗户下的一个大瓦盆。大瓦盆由一个破案板盖着，上面还压着一块大石头。她推不动石头，孔秀妈和孔秀一齐帮她推，石头推下来了，她们把破案板一打开，哎呀呀！是个赤裸裸的婴儿。孔秀和妈妈都惊呆了。陈大妈真有主意，她毫不犹豫地上前一把将婴儿捞出来一摸说："亏得是破案板有一条缝，又不平，石头压着还透气，孩子还活着呢！快，进屋暖孩子。"

几个人进了屋，只见豆妮儿爹用被子捂着豆妮儿娘的头和上边身子，豆妮儿娘在被子里拼命挣扎着。她正喊呀叫呀，但只有走到跟前的人，才能听见她的喊声。

豆妮儿爹见大伙儿呼啦啦地闯进来，才迫不得已地放开使劲按压被子的双手。豆妮儿娘从被子里钻出来时，她散乱的头发上沾满了汗。她长长出了一口气，就冲着豆妮儿爹说："你个坏良心的歹人，想捂死俺，你会遭雷劈哩！"她扭头一看见陈大妈手里赤裸裸的婴儿，便撕心裂肺地惊叫道："那是俺妮儿吗？他大妈，你快放进俺被窝里暖暖，还能活不？俺的宝呀！俺的心肝呀！娘为你正和你爹打架哩，差一点儿叫你爹捂死俺。你爹人面兽心，过了月子，俺就和他离婚。这婚是离定了。"陈大妈冲上前，把孩子放进豆妮儿娘解开的怀里说："能活！能活！还有气哩，快用你身子给孩子暖暖吧。"

豆妮儿娘披散着乱蓬蓬的头发，虚汗像把脸冲洗了一遍似的。她那蜡黄没有血色的面孔上，一双没有神色的眼睛耷拉着眼角。她一边无力地用双手搂着冰凉的孩子，一边哑着嗓音眼泪汪汪地哭诉着说："天底下没有这么狠心的爹！好好的孩子让他放在尿盆里淹死！闺女咋了？闺女不是你的血脉？"

豆妮儿爹穿着一身带补丁的粗布衣裤，抽缩地圪蹴在炕沿底下，脸朝里，抱着脑袋，带着浓重的鼻音说："谁说俺不心疼自个儿的娃，俺是养不起赔钱货。"

陈大妈气恼地答道："你说吗哩？谁是赔钱货？闺女怎么是赔钱货？在我们天津，女儿是千金！千金！你懂吗？就是值一千两金子。这一家要是没儿子，只有俩女儿，那老两口儿正经是个大富人家。为吗？俩女儿，招俩女婿。俩女儿再孝顺点儿，在家又管财务。两个女婿听女儿的，老两口儿又不用为儿子盖屋买房，当丈人、丈母娘的才真正是享清福呢。你们石头村吗陈规旧俗？敢杀自个儿女儿！新中国啦！有法律啦！我们要给你告到派出所，备不住派出所要给你上手铐子进大狱，你若原来杀过女儿，你就得杀人偿命，你懂不懂？懂不懂？"

"别别别，俺对她们好，你千万别告到派出所。"豆妮儿爹抬头望着陈大妈一句跟着一句求饶。

"她大妈，你告他去！要不，你们前脚走，他后脚又要害俺娃。"豆妮儿娘惧怕地嘱咐陈大妈。

"他敢！我和陈大妈一天来看望你一趟，若是大人孩子出现问题，立马让他进大狱。孔秀，你也常来豆妮儿家玩，有事叫我们。"孔秀妈坚决地说。

孔秀拉着豆妮儿的手说："别怕，我常来找你玩。"豆妮儿含着泪点头说："嗯！你可一定要来呀！"

孔秀妈又告诉豆妮儿爹说："以后别怕养不起孩子。如今，全国都解放啦。有的地方都把地呀、牲口呀全归公啦，成立了生产队、公社。你只要参加劳动挣工分，就一定能养活一家人，新中国不会饿死人。"

　　豆妮儿爹说："啥哩？地全归公？成立生产队、公社？那敢情好哩，还是你们大城市人知道的事儿多，比俺们两眼一抹黑强。"

　　孩子暖过来了，哇的一声哭了。大家围到豆妮儿娘跟前一瞧，婴儿胖乎乎的，眼睛一眨一眨地要睁开呢。

　　豆妮儿娘让豆妮儿从地上的橱里拿出一个小包袱，说："这是你小时候穿过的小衣服。来，俺挑几件让你妹穿。"

　　大家见事平息了，就要回家去。

　　临走，大家冷着眼瞅着豆妮儿爹不动，大伙儿的意思，是对他还不放心，等他表态度。

　　豆妮儿爹说："你们放心吧，只要细瞅瞅娃，再盼着快成立生产队、公社。俺就再也舍不得娃啦。再说，前几年谁家也只要一个闺女，这也不是光俺一家。如今村里也通知哩，说解放啦，男娃女娃一个样。谁家也不许迫害女娃啦！俺更怕进大狱哩。"说得大家都笑了。

　　临走，陈大妈仍警告说："你要是再害娃，纯属是明知故犯。要罪加一等，你懂吗？"

　　豆妮儿爹的头小鸡啄米似的点着发誓说："懂懂懂，俺保证再不敢害娃啦！"

　　"看，你们救了俺娃，连口水也没喝，改时，俺出了月子，抱着娃登门拜谢。"豆妮儿娘嘴里反复念叨。

　　"好好好，改天出了月子，带娃上家玩去。"陈大妈和孔秀妈一边往外走，一边同时说。豆妮儿娘仍感激地说："俺也不送了。"大家齐声说："你还送什么，好好养月子吧。养月子可得重视，养不好要落病的。"

　　打这以后，孔秀常找豆妮儿玩。豆妮儿的妹妹很快长大了，会扶着炕沿站立了，还会咿咿呀呀说话呢！

十二

门吱扭一声，孔秀以为丈夫玩麻将回来了。她拧开床头灯等他，怕他年岁大屋里黑磕碰着，等了一会儿没动静，知道听错了，刚才是邻居家的门在响动。住楼房就有这个特点，一家门响，几家听得真真的。

孔秀看看表十一点多了，等会儿吧，他快回来了。她关了灯，又接着想那个遥远的小石头村。

有时候思绪并不听人的指挥。她想那个小村，山山水水，石头房子石头路，辘轳井大槐树。可是，思绪却把她带入1998年的这个村镇。

1998年春天，孔秀作为新闻工作者，跟随石门子市工商局的有关领导，又回到阔别四十五年的那个村镇，执行采访任务。

路上，同车的几个人说说笑笑。他们说："一个喝酒喝多了的熟人，迷迷糊糊走进了女卫生间，被人打出来，闹了好大的笑话。那人酒醒了，却一问三不知。"

"以后，咱们到哪儿，也别没主意，禁不住劝酒。酒，喝多了掉价。"他们在总结各种经验。

他们又在谈论另一个同事的丑闻："那人和别人偷情，洗澡时一起被电死在浴室里。电热水器次品多，一出事就人命关天。咱们抓伪劣商品该心狠就得心狠。"

"人死了，这大概是天命！自己有妻子还在外边偷情，是老天爷在惩罚他吧。"

"他不死，说不准还提他当局长呢！这个人平时挺老实，看不出来还有艳史，伪装得真深。"

孔秀无心听这些，她急着回到那个小石头村，看看那个阔别了四十五年的旧居。

一下汽车，眼前的景象使她惊呆了。

宽阔的大路横竖交错，汽车、自行车来来往往，一排排白杨树挺拔茁壮，一座座独栋小楼挡住了人们看山的视线。这儿，已经完全是一片现代化的景象。

她想，完成采访任务以后再找旧居吧，变化太大了。不过也是，解放这么多年了，改革开放这么多年了，哪儿能不变？

当天下午完成采访任务后，孔秀抽了个空当儿，匆匆忙忙从工商局招待所出来，和一个同行者一起寻找老房东的家。

看看周围一片小楼，到哪儿找啊？还是同行者出的主意，鼻子底下有嘴，打听吧。马路旁都是商店，商店里大都是南方人，他们肯定不知道。孔秀找路边歇着的老人问，她连问了三四个闲坐的老人，他们都说不知道。有几个下象棋的老人，正在棋盘上斗得难解难分，孔秀真不好意思打搅他们。可是，来一趟不容易，一会儿就要走，于是，她硬着头皮向他们打听："你们哪位是这儿的本地户？"

"啥事儿，说吧。"一位六十多岁的老大爷抬头对她说。

"这里原来有个老房东叫粪筐，他闺女叫菜叶儿，他儿子叫肉魂儿，你们有谁认识？"孔秀不好意思地说了这几个名字。

正下棋的一个老人不耐烦地说："什么择筐粪筐菜根儿菜叶儿，不知道不知道！下咱们的，快快。"

还是那个六十多岁的老大爷给孔秀指了条路："你到这座楼后面打听打听吧，那儿有老住户。"

果然，在一座楼后面，孔秀找到了一位白发苍苍的老太太，正晒着太阳。孔秀冲着她的耳朵喊了老半天，老太太才听明白。她指着一座建设银行的大楼说："我知道你说谁哩，老的死了，嫁出去的闺女也死了，剩下的那个小子也搬走了，住楼房去了。这座楼占的就是他家。他早就不叫肉魂儿了，改成英红了。"

孔秀遗憾地看看银行那座楼，怔了一会儿，又接着问老太太认不认识一个叫豆妮儿的人和一个铁路家属姓陈的人家，老太太又摇摇头。

孔秀和同伴走出大楼旁的胡同，向人打听河在哪里。路人奇怪地笑着说："你这不正在河上边站着吗？"

孔秀仔细一看，原来脚下就是一条河。因为没水了，河道的地皮便用来盖房子了。聪明的人们在河床上立起了不少水泥墩儿，水泥墩儿之间用预制板搭成平地，在平地上又盖起了房子，办起了商店。秋季水多了，水在预制板底下流走，不受影响。据说地皮钱收的比平常的地方少一半，这真是个绝妙的好主意。

这就是那条清清的小河吗？一点儿影子也没了。路人告诉孔秀，上游有水。你们要想看小河，就到上游去吧。

孔秀认为，既来到这里，看不到河，岂不遗憾！她就和同伴顺着河边走，一直走出镇。结果，她也没看见河水。她只看见从一个厂的下水道里流出了一股呛鼻子的污水。太阳快落山了，孔秀和同伴赶紧归队，坐车回到了石门子市。

那个石屋、小桥、流水、小石头村，永远地成了孔秀记忆当中的一个梦。

有缘相逢共一笑，从此再不论古人。

孔秀拧开床头灯，看看表十二点多了。丈夫还没回来，她有些生气，半夜三更还不散场！不过，她很快劝自己：人家在一起玩儿得高兴，自己干吗生这个闲气？

她想起有一本书中写道：人生烦恼时，切记忍耐。世事纷扰处，切记清闲。人生得意时，切记心静。人生失意时，切记看淡。

孔秀的丈夫姓李，叫李世光，是十三年前结的伴儿。

他是孔秀的第三任丈夫。

人老了，是得有个伴儿。具体地说，老人要像年轻夫妻一样生活，那是不可能的。年轻人要工作，要学习，要生儿育女，要照顾老人，要干事业。而老年人呢，没有什么大目标、大理想、大事业。人老了，节奏变化了，需要换个新的生活方式。他们怕心里寂寞，怕眼前孤独，怕身体不适时跟前连个打电话叫人的人也没有，怕突然碰上个意外事儿一个人应承不了。尤其，老人们夜里怕黑。天一黑，老人们心里就空虚。有的老人常常晚上把灯统统打开，唯恐看见阴暗的地方，引起些心里的恐慌。他们更怕老眼昏花，腿脚不灵活，在阴暗的地方被什么东西绊倒了。有的老人白天连屋门都不出，怕脚底下站不稳，摔个跟头惹麻烦。自己受罪不说，更怕连累儿女。他们还怕看不清人脸，熟人生人分不出来闹笑话。老人吃饭口轻，怕咸、怕辣、怕黏、怕硬。

人老了还有个毛病，爱说过去的事儿，爱讲过去的理儿。年轻人却不愿听这些，于是，老年人和年轻人有了代沟，没了共同语言。

总之，人老了就是老了，啥也变样了。

1982年后，孔秀就独身守着孩子过了。

当时，她和第二个丈夫，为如何教育孩子，为如何培养孩子，为如何对待生子养子等事情争吵不休。

后来，两人离婚了。

她本来想就这样独身过后半生，但生活不停地和她开玩笑，有时，她认为，不成家就很难闯过某个难关。

例如，1987年，她动了妇科肿瘤手术后，虚弱地躺了好几天。不能自理时，她的饭没人给送。

那时，给病人送饭的人，大多是自己的爱人或儿女。孔秀病床旁边的女病友，当时和孔秀的病一模一样，都是子宫良性肿瘤动手术。病友的丈夫送饭时间准得很，稀饭面条做得很仔细，喂饭时两人有说有笑。

这一对夫妇，经济上不富有。男的蹬三轮车，在市场上等活儿。女的在一家肉铺卖肉。他们的两个孩子都在上小学。从他们的穿戴看，很清贫，但他们很快乐。男的提着饭一进门，就把饭盒举到头顶，敞亮着嗓门儿笑呵呵地说："媳妇儿，看俺给你送啥饭来啦？"

他那黑发和胡子都长得很长，该剪理了，一身陈旧的衣服不知穿了多少年。白衬衣成了黄色的，蓝裤子成了紫色的，化纤衣裤都磨得花了丝、改了色，但他一点儿都不觉得苦。他总是笑眯眯地盯着妻子问这问那。他一来，整个病房都活跃起来了。正皱着眉头的病人，也会自然地跟着微笑起来。

他的妻子也满足得很。她不止一次地向病房的人夸奖着自己的男人。她躺在床上，胖胖的两只手比画着，手胖得看不见手指头，只看见手上的四个肉坑。

那次，孔秀听着她粗着嗓音讲述着自己的回忆："你们看他好不？俺那堂姐本来和他都定了亲，都定三年了，就是嫌他家里穷，炕上连个铺炕被也没有，就和他退了亲。俺问堂姐说：'你和他清了没？'她说：'清了。'俺说：'你要清了，俺可和他成啦！'她说：'俺和他清了，俺不管他和谁成了。'俺就和他领了结婚证。他爹娘都在城里，一个男人过日子，不会料理是真的。谁知，俺和他刚领了结婚证，他的爹娘就让他进了城。他爹娘说城里有了住处，俺就和他进城来住了。俺们从此变成了城里人。"

这是一对感情生活的富翁。

孔秀看看自己，儿女们都忙着自己的生活，实在没空儿歇几天假，来专门照顾自己。

孔秀确实感觉到，自己也应该有一个丈夫在身旁守候，至少恢复病体要容易些。

手术过后，她又思索起要成家的事儿。

那次做手术，孔秀真受了罪。不能自理的人，再有能耐也白说。她生了四个孩子，就是生孩子歇产假时，她都能当天起床干点儿轻便的家务活儿。她还真没有像这样真真正正地躺着，连动都不能动一下。

她到医院做手术，也是万不得已。她的子宫长了肌瘤，瘤体先是像枣儿，后是如鹅卵大小，再后来，常伴有出血过多。手术刀口缝了十七针。

那时，她真动不了，还直气虚地咳嗽不已。

兄弟姐妹、亲生子女都不少。但谁都有自己的工作和生活，时间都很紧张。

孔秀躺在病床上时，亲人们都抽时间关切地去医院看她。他们拿些水果什么的送给她，也都在那里关心地问她病情，陪她待一会儿，甚至，头几天还轮班看护她。

但到吃饭时，大伙儿就都忙着顾家去了。孔秀的儿子们忙着上学，女儿忙着开门市部。女儿送饭，但门市部只有她一个人，她活儿一忙了就走不开。孔秀只能等女儿闲下来买来饭时，她才能吃上饭。她的女儿忙完活儿，从饭馆里买了面条什么的送到医院时，常常已是下午一点钟以后。

孔秀饿了，就吃方便面。孔秀捂着缝了十七针的肚子，从病床旁的小柜里抽出方便面，咯嘣嘣地嚼着吃，再跟邻床要点儿水。

临床一个病人家属的一句话，让孔秀下定决心再一次嫁人。那个家属说："瞧这个娘儿们，养活了四个孩子。如今，开膛破肚地躺到床上，成天从橱里掏方便面吃。"

孔秀认为自己受罪是小，还连累可怜的儿女，她不愿意儿女因她名声受损。

病好后上班了，孔秀把自己的想法告诉了一位大姐。大姐在省总工会工作，她说："我劝你多少回，给你介绍多少男友让你见面，你都一一推辞。如今，你后悔了吧。一个女人过日子，年轻时还凑合，老了不好熬呢！再说，干吗去熬自己？你一生多苦啊，为父母、为弟妹、为丈夫、为儿女，你什么时候也能为你自己着想着想？"

后来，她认识了李世光。他比她大十几岁，但人长得挺年轻的，一身没肩章的军便服，笔直的身腰，充满军人气质。他的感情很细腻。

头次见面，他要她在一家饭店的椅子上暂坐一会儿。她不安地扫视了一下餐厅："不是开饭的时间，能借用吗？"他马上说："不会影响他们什么，他们不会反对的。"她的眼睛扫了一下玻璃窗外的自行车，他说："我们坐在这儿，正好对着外边。"她看了一下表，他说："我们只谈十二分钟，不会耽误你过多的时间。"

她想，他观察真仔细！

她之所以认识李世光，是那位工会大姐替她在某婚姻介绍所做的登记。这是工会正式成立的婚姻介绍所，是专为大中专知识分子介绍对象的。

这次见面，是李世光主动给孔秀打了电话约定见面的。

李世光电话里自称是这个介绍所介绍来的。她认为既然介绍所的工作人员为她费心思，便不能辜负他们的好心，她该来。

在那个离介绍所很近的小餐馆，他们彼此谈了几句话后方知，他也是在介绍所寻找知己的。

他难为情地说："我有五个孩子。"她紧皱了一下眉头，心想："我四个孩子就够多了，你五个，闹笑话。"

他真诚地告诉她，他没什么负担。他说："我五个孩子都结了婚，他们都自己过了，经济条件都很好。"其实，那时他最小的儿子还没成家，但已有女友，正准备结婚。

"你多大岁数？"他虽然长得年轻，但也五十大几岁了吧，她那时才四十五岁。她认为他岁数太大，不合适。

"我比你大十几岁，但我身体很好。我是老飞行员，在天上飞了二十七年。平时，我连个感冒也不得。"他眼睛里充满自信，虽然是老年人，但骨子里一点儿也不服老。

"飞行员身体好，这倒是真的。"孔秀想起原来单位的一位老领导，就是飞行员出身，身体棒极了。那领导也是平时连个感冒也不得。

这一次，她真正地注意了他——李世光。她对他产生了兴趣。

老年婚姻最大的问题是健康。

况且，在这方面，孔秀有过沉痛的教训。

她认为，自己如果找个浑身带着疾病的，岂不是自讨苦吃？

孔秀想起第二个丈夫，他叫杨津峡，是一个复员军人。他个头儿不高，但很精干。她第一次见到他时，他穿着一身褪了色的旧军装，戴着一顶旧军帽，肩上挎着一个旧军包。一切虽然都是旧的，但是洗得格外干净，军绿色几乎洗成了绿白色。那发了白的旧绿军包上，明显的有一行手写体红字"为人民服务"。那字是用红丝线绣的，格外醒目。他见她盯着自己的背包，嘿嘿一笑说："我自己绣的！怎么样？"

他挺挺胸，眼中闪烁着骄傲的光芒。他说话时，露出一排刷白刷白、整整齐齐的牙齿，那牙齿在阳光下隐隐约约地透着微光。

但是，他的身体很糟糕。他的腿是老寒腿，从年轻时起，他就患上了这种病。但这毛病平时看不出来，到了夏天，才会复发。他在夏天高温炎热四十摄氏度时，还得穿上绒裤。

据他母亲说，他是十七八岁时，参军挖海河落的毛病。

她和杨津峡是在不冷不热的春天结的婚。

结婚头一宿，孔秀发现杨津峡还是个性功能障碍者。

虽然两人的夫妻生活不和谐，但孔秀到底是怀孕了。她的两个儿子，先后出生了。

然而，当她怀上第二个儿子两个月时，也就是第一个儿子刚一周岁时，杨津峡的病开始恶化，渐渐地，他便不能走路了。三十岁的人，抵抗力弱了，他身上的病便突显出来了。

孔秀和杨津峡结婚没三年，杨津峡到河南一个县城出差了两个月。这期间，他遇到了连续的阴雨天。他又总爱在水龙头下冲脚，于是，老寒腿的毛病犯了。

　　有病的人脾气大，又都是第二次婚姻。家庭、孩子、性格不合导致的矛盾不断加剧。本来，两个儿子出生后，她和他为亲生孩子和养子的矛盾，关系已恶化到难以调和的地步。

　　她和他已说定要离婚。但当她看到，这次他从外地出差是病倒回来的，就决心把他的病腿先治好，两人再去离婚。这样做，她才会感到心安理得，她才忍心与他分手。于是，她努力地为他治病。

　　不料，这病延续下来，一延续，就延续了十二年。十二年后，他的病情才达到比较稳定的程度。

　　十二年，孔秀为杨津峡治病劳苦了十二年。为照顾第二任丈夫的病情，她失去的是人生最宝贵的十二年青春。

　　1987年，孔秀和杨津峡离婚将近八年了。她本来决心要独身至老的。可在忍耐一场肌瘤手术中的艰难后，她改变了独身一生的主意。她打算再嫁。

　　她和李世光在那个小小的餐厅，趁着没顾客的当口儿，见了面。

　　李世光说自己比她大十二岁。她看到他的户口本，面有难色地说："哪是十二岁，是十五岁。"

　　他说："我长得也就像五十来岁呀。我的身体棒！平时，连感冒也不得。"

　　她想，人老了，岁数大小也就淡化了，他如果身体好、人好、经济好的话，也未尝不可……

　　"我比你大多少岁，我就先付多少岁的保姆费，你完全不必担忧老。"他诚恳地说。

　　"那得不少钱呢！"她想，"我也不能没结婚就要你这钱，这算什么？"

　　"按市场价算保姆费。你只要同意，可以预支。再说，你就找一个和你相当的,他也会有儿女的,儿女结婚、房子将来都是问题。而我,这方面没负担。"

她想,他的话也许有一定道理。

"你有一米几高?"她担心他的个儿太低。

"老了,个儿不要太在乎了。"他的眼光中充满哀求。

看着他哀求的目光,她的心里一阵迷茫。

再说,他很聪明。她心里想什么,嘴里问什么,他好像全都猜对了。

飞行员的智商都高。他是参加过解放战争、抗美援朝战争的转业军人。他说,脖子后边还留着弹片没取出来。他还说,解放清风店时,他被一堵倒下来的墙压在下面,后面担架队上前把他抢抬出去。别人只顾冲锋,没看见他,就误认为他牺牲了,部队给他家报了丧,并发了抚恤粮。

村里人怕他娘受不了这个打击,就只告诉了他爹,一年后才告诉了他娘。

他被担架抬走了,在后方治好了伤,就又加入了另一个部队。那次,他随着部队进驻到他家那个县。他和领导请了探亲假回家。

他那次是半夜进村的。当他摸到自家门窗叫门时,他砰砰砰砰地敲门敲了好半天。

他的叫门声,已经震亮了好几家邻居屋中的小煤油灯。他父亲这才迟迟地把门打开了。

他进家后在炕上躺下就睡。他太累了,随部队行军好几天了,人已经累蒙了。

当他一觉醒来睁开眼时,见父母齐齐地坐在他旁边看着他,不说话。他叫"爹,娘",他们也不应。再看窗外,扒着大大小小的脑袋,都在齐齐地、一声不吭地看着他。

他坐起来,说着让乡亲们都进来坐的话。可谁也不动,谁也不回答。

就这么,他看看爹娘,又看看窗外的乡亲,大家都看着他的一举一动,谁也不动,谁也不说话。

好半天,还是他爹首先开了口。爹说:"他要是鬼,鸡一叫,他就该走了。如今,太阳老高了,他还没走,这说明就是咱的儿子,根本就没死。"

原来,大伙儿还以为他是鬼魂还家。

他还讲了他是大难不死,必有后福。有一次,他在战壕里正和一个战友头对头聊天,恰巧这时,一个炸弹落在他俩中间。那个战友的头和脚,全炸散了,飞出很远。而他,被轰得头脚整转了一个个儿,却一点儿没伤着。

她和他在一起时,他把她带进了炮火连天的年代。他给她讲了许多战斗中的人和事,他又自然而然地把她带回现实。他谈到对国家改革开放的看法,他说:"中国必须改革开放,只有改革开放,中国才能进步,人要跟上时代潮流。什么是经济?经济就是钱,没钱能干什么?"他们都是老一代党员。他当过飞行大队政委,她是电台编辑,他和她都是干部。他出过地名志,她发表过四十多篇短篇小说。她认为他们的看法很接近,很相似,谈得来,就连续约了几次会。他们一起进餐,都对辛、辣、咸不感兴趣,都对清茶淡饭感兴趣。老年人有老年人的共同口味。他们宁愿在公园内的亭子里熬过炎热的中午,也不愿意回家去打搅儿女。

他要看看她的手心,她张开手掌让他看了。他说,他原来的妻子脾气很大,爱生气,她老了有癌症又有心脏病,一住院就是三年,他在医院陪了三年。他也怕再遇上个有病的人,他又和她想到一起去了。这又使她想起了在第二个丈夫的病床前,她熬的日日夜夜。

他诉苦,她也诉苦。他说:"在医院的病房里,支个躺椅,半夜起来几次,白天更不能睡。"

她说:"前夫病倒了,我为他端屎接尿整整五年。我一天熬两次药,三天到药房抓一次药。药单子上的药有很多味。那时，一个药单往往要跑好多药房才能找全。有的药，需要托人情，像麝香那种药，不托人情，那是绝对找不到的。我的一个同事，她父亲是高干，专管市场医药。我尽管一次又一次欠人情，可一天药也没给他断过。我照顾卧床丈夫，同时我要抚养三个孩子长大成人，洗衣、做饭……所有家务都由我一人承担。我更要上班，工厂里是三班运转紧张的劳动，我要天天上班、加班，挣钱养家糊口，供丈夫看病，供儿女上学，三个儿女的生活费和学杂费，全由我的工资支出。"

那时，孔秀和第一个丈夫生了一儿一女，她带着两岁的女儿和第二个丈夫结了婚，她和第二个丈夫又生了两个儿子，她艰难地一步一步地走着。她每走一步，就像在刀山上寸行。女人要出一门进一门，谈何容易！她每次都像被扒了一层皮，又被扒了一层皮，两眼情不自禁地流了千把万把辛酸泪。

天太热了，太困乏了，孔秀和李世光没地方可去。他们便拿出报纸铺到公园的树荫下、花丛边，躺一会儿。人老了，不是年轻人，只求身边有个可说话的人。

六月花开的季节，他们躺在花丛中。她看着盛开的牡丹，红色的、粉色的、白色的，心花怒放。他也忽然年轻起来，想得到一朵诱人的花，想起了"花影移动玉人来"的诗句。

她看着身边的白杨树，树笔直，直入蓝天，接近一朵朵白云。她想起年轻时向往的英俊夫婿。他们同时心潮涌动，这种情感共鸣的力量，使他们几乎是同时进出一句话："不知你家孩子认不认我，让不让我进家？"

有一次见面，李世光说着说着话，突然掉了泪。他提出要和孔秀结婚，他要拿着单位的介绍信到政府部门领结婚证。

他哽咽着说："孩子他妈跟我那么多年，为我生儿育女，这次病也与我的工作失误有关。我陷入经济案，没搞清以前我被收审过。其实，没大事，只是我和本单位领导共同开了一个小门市部，账目和单位有些牵连，上级没查清前，有人怀疑占了公家款。我被收审半年，当事情查清了，我从拘留所放出来，又恢复了党籍，补开了工资，孩子他妈却急病了。儿女都与母亲近。我在部队，是她辞去某钢厂化验员的工作，照顾五个儿女长大。她病逝了，刚走半年，我就与你认识了。孩子听说咱们的事，都炸了，儿子骂我是老没出息。可是我不能总沉浸在痛苦里……"

他向孔秀提出结婚，他想要改变生活环境，他想尽快从痛苦的深渊里爬出来。他说："一到晚上夜深人静时，孩子他妈老在我窗外哭。这样下去，我也受不了。"

一提结婚，孔秀头就嗡的一声响。她住院了，住了整整一个月。她每天躺在病床上接受医生的输液打针。对她，大夫也检查不出什么病来。她就是头晕，其实，她是被"结婚"二字吓得！吓得她睡不安，吃不进，整天心神恍惚。

她认为，人的婚姻，能有一，能有二，不能有三。她这是第三次婚姻。她怕这次婚姻有个闪失。她离婚离怕了，结婚也结怕了。

最终，李世光和孔秀各自的长子为两个老人的婚事见面商议了一下，两个儿子都是大学生，都是通情达理孝顺老人的好青年。

"他们老人在一起可以互相关心，互相照顾，这是好事。"

"他们生活愉快了，省得咱们做儿女的惦记了。"

他们为二老在饭店要了一桌饭菜，共同吃了一顿饭。这就给俩老人办了婚事，俩老人十分感激。

饭好吃，日子难过。

结婚证真是不能随便领的。

孔秀还心有余悸，她怕再遇上难以处理的麻烦。比如，她认为上天赋予人的两欲，食欲和性欲，她一种都没有享受过。

食欲，也就算了。好的坏的，家家都是计划经济的口粮，谁家也都是家常便饭的水平，上下差不了多少。况且，她的女儿大学毕业以后，由于没有及时找上工作，临时开了一家无线电门市部营业。自此，她的家中伙食便有所改善，饭桌上开始有了肉炒菜，不像过去顿顿饼子菜汤了。

　　上天赋予人的欲望，她可从来没有感觉到好过。

　　想当年，她和第一个丈夫相处时，七年中大生两次小产三次，险些要了她的性命。那时，她只怕自己怀孕。他们一周一次的夫妻生活，她都是在战战兢兢中度过的。她怕惊醒外屋的公公婆婆，更怕惊醒身边的孩子。

　　她的第二个丈夫，腿病复发后，常年卧床不起。

　　她又常年处在上班紧张工作、下班拼命照顾病人和抚养孩子的漫长岁月中，她早遗忘了人生还有这一课。

　　如今，她感到自己不是一个冷血的人。

　　孔秀的第三个男人李世光，他是六十岁的人了。孔秀当初曾看着他思考，六十岁的人还行吗？还有蹦跳劲儿吗？

　　当男女双方的婚姻生活触到实际时，就不那么容易了。尤其是双方都有儿女的老年婚姻生活。

　　她和他原定的居所是在他家。他把他们的家装饰一新。但是，他们还没生活两年，由于儿女等关系难以维持，她只好放弃了。

　　她一生不怕苦，不怕累，就怕生气吵架，尤其是家庭中的生气吵架。

　　婚姻若失去了赖以生存的根据地，经济上再各顾自己儿女一方，实际上，这个婚姻就名存实亡了。

　　从1990年至2002年夏天，孔秀和李世光的婚姻生活是勉强支撑过来的。他们的实际生活就像一条弯弯曲曲的低洼地，低洼地就像一个被人已经遗弃的河床。这个河床内的水似有非有，河床也时有时无。

　　老来伴儿的关系，真不好理顺。难怪不少老来伴儿，不是结不成姻缘，就是过不长。就说他俩吧，老来伴儿恋爱十个月，按说时间不短。他们谈过经历，谈过生活，谈过儿女，谈过各自的理想，谈过眼前的现实，也谈过婚后的未知数。

孩子们各自都成家了，但孩子的孩子难说不遇见什么事，就说生日吧，那是必过的。如今兴给小的过生日。老的过生日没啥好处，心情激动，时间忙碌，对身体没利。但小的生日不能不参加。

儿女亲家是应该常走动的。亲家公、亲家母难免有个头疼脑热的，亲家相互看望，是人间正常走动，既然走动，就不能空手。

节日里，孩子大人都要聚一聚，举家团圆，人间一大乐事，这叫天伦之乐。孙子叫"爷爷奶奶"，外孙叫"姥爷姥娘"，做老人的能不给点儿零花钱？孙子孙女凑老人来了，老人高兴还来不及，怎能算计那一桌酒菜？怎能吝惜那几块冰糕？

别说他们自己每月还有退休金，就是没退休金，到外边出力挣点儿，自己不吃，也愿意让儿女吃。父母对儿女的爱怜，是人的天性。

老人与儿女生活在一起，不论儿女是否结婚，老人只要有工资，都会是家庭中的东道主，是资金方，是无私奉献的一方。家务上也是发挥余热的地方，这是大自然的规律。

既然是个家，就难说没矛盾，总有锅碰瓢碗的事儿。若是亲老子、亲儿子，亲母亲、亲闺女，说完吵完打完闹完，过去就没事了，什么也是原装的，皮实了。

老来伴儿可不一样，即使进了一家门，也难做一家人。

矛盾很难处理，就好像婆婆和儿媳妇天生存在一种不好调和的矛盾，也不排除婆媳关系处得很好的，但毕竟不如亲娘亲闺女好处。

风俗习惯也是老来伴儿的一大不适应。

有的人家里东西的存放都有一定的习惯，例如厨房里的一锅一勺、一碗一筷，甚至筷子筒里的筷子，头大的放在上面，还是下面，都已形成习惯。

年轻人婚后还有三年适应期："一年棉婚，二年线婚，三年布婚……"言外之意：重新适应。

老来伴儿也要经这三关。这三关很不好过，几十年的下意识的习惯，难改，难统一。

所以，孔秀和李世光组成的这个坑坑洼洼的家庭，就是在这种矛盾的现实中存在着。

如今，李世光从儿子的天津农场回来探几天假，孔秀从女儿家回来陪伴李世光几天。

李世光爱玩麻将，自然要凑人玩几天。孔秀在家等他。她等他到夜里十二点，他还没有回来。她躺在床上，翻来覆去地等着他。她怎能睡得着？

童年的事、少年的事、儿女的事、老人的事，还有那个石头村的事，那逝去的往事，她在脑中都过了一遍。在漫长的若有若无的婚姻中，孔秀学会了这样在回忆中度过点点滴滴的时光。

她在耐心地等，这也是在无可奈何中磨炼出来的。

她和他十几年前刚成家时，他玩麻将赌钱，因为不好张口而常常撒谎。那时，国家在极力反对赌博，只要一有人举报有玩麻将赌钱的，准会有执法部门上门查看，轻者罚钱，重者劳教或拘留。

她原谅他，知道他当初玩麻将的原因。他退休了，妻子死了。他心情不好，有人好心介绍他玩玩麻将消遣一下，换换脑筋。

他一玩便玩上了瘾。

她不玩，也不会，她在电台工作。电台这个单位，是不允许玩麻将的。她是规规矩矩按规定执行的模范党员干部。她自己虽然不参与，但并不反对他去玩。

他十分爱玩，又不好意思明说，但他的内心呢，怎能禁得住"三缺一"的诱惑？

"我去儿子家商量个事儿。"他编个话找个理由就走了,他一走就是几天几夜。她曾寻找过他。她想他那么大岁数了,身体扛得住吗?她担心他在来回道上磕着碰着。她一次又一次地到门口等。

夜深了,雾起了,一排排黑洞洞的楼房,没有人声。他到哪里去了呢?她只好回到屋里等,坐一会儿,躺一会儿,在地上转一会儿……

她担心,好不容易结成的伴儿,可别有个闪失。

不止一次,她在长长的夜里,使劲用被角蒙住头,想尽快睡沉。她多么想睡个好觉。她如果能睡个好觉,白天一天就有精神了。可是,她越是想睡个好觉,就越睡不着。

此时,她在睡意蒙眬之中,忽然听见咚咚的脚步声和咣当一声门响。这响声,把她惊醒了。但她很快就意识到不是自家的门响声。那是楼下其他人家门的响动,那咚咚的脚步声也不是他的脚步声,因为脚步声在楼下就停了。

人常常有个毛病,心里越不如意,就越爱想不如意的事。她又想起,自从他和她无可奈何地搬到她的家以后,他住在她的家里,水、电、煤气等一切费用,他一概舍不得交。他连自己的生活费用,也舍不得往外拿。但他玩麻将时,多大他都肯玩,都敢玩。这种情形时间长了,她和他经济方面的矛盾,越发尖锐起来。

恰好这时候,一条小狗的降临,又使她的感情重心转移了六年。

十三

这条小狗叫"豆豆"。

豆豆是女儿从她姨妈那里抱来的。

豆豆协调了好几年她和他的关系。豆豆像她和他之间的一个小纽扣,扣着她,也扣着他。

只要一说狗的事情，她和他就有共同语言。他偶尔回来了，她就和他一起到外边遛遛小狗。

孔秀原来可不喜欢小动物。想当年，女儿抱回一只小猫要养，她很反感："我养人养了这么多年了，三儿一女，养累了。我不能再养这活物了，你快抱走。"

当时女儿正要急着出去办事，没抱走。那小猫怎么从四楼上掉下去的？又是什么时间掉的？她根本不知道。幸好小猫平衡好，没摔死。

女儿和儿子都曾惊异地、怜惜地述说猫从楼上掉下去的事儿，她却如同没听见一样。

女儿见她这样，无可奈何，只好把小猫送给了别人。

这次，豆豆这条小狗刚进家时，她又三番五次问："你说，这狗是你大姨出差只放几天吧？"女儿连说："对对对！"

李世光恰巧在旁边，他答了一句说："她姨出差回不来，你就养几天吧。"

孔秀"哦"了一声，喃喃地说："怎么你也支持养这活物？又要洗澡，又要管吃、管喝，敢情是你们谁有事谁就走，连个招呼也不打，到头来都是我的事，等于家里又增加了一口人。"她不理解，他为什么也支持养这活物，光人还不够养的？

孔秀认为狗就是爱吃肉。她一吃饭就把肥肉从盘里先夹给它，豆豆吃得很香。养了两天以后，她才知道，狗还要喝水，要撒尿拉屎，要每天到室外遛遛。

孔秀真不知道，这狗跟了她整整两天，它是怎么过这没有水、不外出遛弯儿、没地方撒尿拉屎的日子的。她觉得对不起它了。而它，什么也没抱怨。仍然，只要楼道里一有响声，它便伸着脖子抬头听听，守护全家的安全。

它是吐了，还是拉了？怎么在它身后的地毯上有一摊稀白色沫子？它为什么总用身体挡着她的视线,不让她看到呢?

她还是看到了,惊叫:"你怎么在地毯上吐呢?看把地毯闹得这么脏!"

有生以来,她第一次看见一个畜生浑身哆嗦,眼睛里满是恐惧与害怕。

从它的神情和目光里,孔秀忽然想起自己的吼叫很像第二个丈夫杨津峡身体有病时的吼叫。

那时候,他情绪暴躁,常常对着正照顾他吃喝的孔秀吼叫,就像自己此时对狗的这种惊心动魄的吼叫声。那时,每当她一听见杨津峡对着自己吼叫,就浑身哆嗦,用害怕的目光看着他。她就像此时眼前的这条狗。

她对它忽然有了一股怜惜之情。

孔秀想想这几天仅仅喂了它几次肥肉,肥肉是白的,它身后的那摊沫沫儿也是白的。这无疑表明就是自己喂它肥肉喂的。

自己和人交往都不行,何况照顾小狗。她想,自己一生不敢和人轻易打交道。她承认,自己处理人际关系的能力不行。她不会与人交往,不会走关系。为此,她吃了很多亏。

她从小学起,就每天戴着鲜艳整齐的红领巾,举着高高的手臂,至诚地向高高飘扬的五星红旗行队礼。

刚参加工作那会儿,正是中国人民困难的时期。

那会儿,城市很多行业都停了工,一座座工厂关闭了,工人下放了。好多商场的货架子上都是空的。有时,人进了商场,喊人都没人应。因为在那货架下,躺着的售货员听见喊声,只是睁睁眼,却无力说话。

在这样的时代环境下,孔秀被迫辍了学。

她在滚开的油锅前,往锅里涮过三个月的绝缘带。那滚开的油锅里,是经热而熔化开的蜡水。那滚烫的蜡水只要一溅在人的手上或胳膊上,就立刻凝集在肉上。于是,孔秀和工友的手上、胳膊上、腿上、脚面上,全都是被烫伤的痕迹。

她坐在酷日下，抡着小铁榔头，砸过一年半的石头。那个时候，男工们抡起大铁锤，先把直径一米左右的大石头砸碎成西瓜大小的石块儿。女工们再把这些西瓜大小的石块儿，砸碎成核桃大小的小石头。这些石头再被炉前工用小推车一车又一车地装进烈火熊熊的高炉里。

1960年，她在这个具有一定规模的大化肥厂一个小生产单位里工作。后来，这个厂也停了产，人员统统去支援农业生产了。

孔秀跟着厂里支援农业抗旱的队伍，来到了农村。孔秀在农村的那些个日日夜夜，曾一天又一天从半夜到黎明，顶着满天星星，一连几小时地推着那个大木杠子在园地上转呀转。这个大木杠子是一个带着上上下下几十个木斗子的笨重的老式水车。

后来，工厂复工，她又回到工厂。由于工作努力，她多次被评为先进共青团员、先进干部、先进工作者，可以说，先进称号从没离开过她。她也常常代表先进集体向各单位介绍经验。

从什么时候起，她变得不爱说话，开始沉默起来？那还是在她第一次婚姻失败以后。

从那时开始，她好像完全变成另外一个人。她默默地来，默默地走，默默地干活儿，默默地在自己生活的轨道上小心翼翼地跟着日月星辰旋转。

她怕和人交往，怕和人说话，怕和人打交道。那"离婚女人"的名字，她走到哪儿，就跟到哪儿。

人言可畏。

从此，她对谁也没敢发过火。她在外不敢和人吵架，也不会吵架。

后来，她和第二个丈夫杨津峡结了婚。她家里除了丈夫就是儿女。丈夫有病，他在床上整整躺了五年。她要精心照顾丈夫。她认为，只要有丈夫在，两个儿子就有父亲，这就是一个完整的家。

她不能忘记，第一次离婚以后，她因思念大儿子而流泪，哭伤了眼睛，戴上了几百度的近视镜。此时的她认为，不论她多苦多累，她也要拼命为丈夫治病。孔秀再也经不起失去丈夫、儿女分离的打击了。

然而，孔秀的家庭矛盾仍然很尖锐，原因是孔秀的女儿。杨津峡认为这个孩子的眼睛长得不像孔秀，而是像孔秀的第一个丈夫。为此他心里厌烦孩子。每到吃饭时，他就挑她的毛病，夹菜不准啦，筷子用得不对啦，碗放得不正啦，吃饭时有声音了……反正，他每次总能找到她的缺点。

孔秀每次都向丈夫解释："吃饭时，咱们谁也别说让谁生气的事儿。饭后一个小时，谁有什么话再说。人，吃着饭生气会伤肠胃的。"可是，杨津峡不理会这些话，他天天如此，顿顿饭如此。孔秀为此很伤脑筋。

于是，好长时间，孔秀和杨津峡为此总吵架，弄得三个孩子不知怎样是好。本来三个孩子很团结。孩子都小，一起做作业，一起买菜，一起到药房为父亲拿药。早晨，姐姐带两个弟弟上幼儿园，晚上接两个弟弟回家。他们姊妹三人高高兴兴地拉着手，笑啊、跳啊地往家走。他们若在下学路上买了菜，两个弟弟会抢着拎。

两个弟弟见父亲光让姐姐干家务，也抢着帮姐姐。小小的孩子，哪知大人之间还有这层关系。

为了不在吃饭时间生气，为了把孩子们培养好，孔秀决心一个人干家务。她让孩子们吃完饭以后就去写作业，去看书。她认为只要孩子们学习好，将来就能成为国家的有用之才。

于是，孔秀家的家务活儿，全由她一人承担。全家五口人的衣、食、吃、住及繁重的家务，都是孔秀一人包揽。

孔秀上班忙，节假日也不休息，她要挣钱养家糊口。她每到星期天，不是加班十二个小时，累得筋疲力尽，就是要随领导组织的队伍去参加公益劳动。

在那些日子，家家户户都用和煤泥的火炉。后来，烧煤泥的火炉改成了烧蜂窝煤的煤炉。

这就需要自己拉车到煤场去买，去拉。

其他的东西和煤一样，每家都要自己一袋一袋背回来或用车子拖回来。家里吃面条，人们要自家动手擀。人们吃饼子馒头，要自家亲自蒸。人们穿衣服，要自家动手买了布，用手一针一针地缝好。人们穿鞋，要自己做。家家户户洗衣服，要一件一件用手搓着洗。

孔秀独自一人扛起家务的重担。

孔秀让儿女好好学习知识，好好上学。她决心砸锅卖铁也叫儿女做个有知识的人。孔秀想起自己，就曾因为家庭困难，初中时辍了学。她绝不让儿女因为干家务而影响学习成绩。

孔秀非常疼爱自己的儿女，绝不因为儿女多而轻视他们中的哪个。冬天，她会夜夜赶缝孩子们的棉衣，不论多艰难，她也要赶制到每人一套；夏天，经济上再紧张，她也会勒自己的腰带，给每个儿女置办一套衣裤。

哪个孩子病了，她也会为了孩子整夜不睡，一会儿试试体温，一会儿让孩子喝点儿水。她不论天多晚，天气多坏，也要到医院让医生为孩子诊断完，打了针、吃了药方才放心。

那时，她只有一个心愿，就是她要极力克服眼前的种种困难，平平安安渡过眼前的两个难关：一是治好丈夫的病，让他能自理还能上班；二是把儿女抚养大，培养成人才。

她对儿女、对丈夫心里热得像一团火，一团四季燃烧不灭的火焰。

眼前，小狗豆豆的眼光，激起了孔秀的万千思绪。

她心疼起这只叫豆豆的小狗来。她为它找了一个破边碗盛水，一天两次换水，能让豆豆喝白开水，不让它喝自来水。自来水里有细菌，人不能喝，狗自然也不能喝。她还每天两次带豆豆出去遛弯儿。她让豆豆一蹦一跳地跑到树下大小便。孔秀真心疼这只小狗。

她也不舍得再光叫它吃肥肉,狗如果只吃肥肉,不是吐沫儿就是拉稀。她把肉和米饭、馒头一起剁碎给它吃。

豆豆这只小狗的存在,使她恍然大悟。其实,小动物就像小孩儿一样,需要被耐心地照顾、护理,它才会长大,会有属于自己的生活。

她回想,自第二个丈夫病后,她曾为他养过一次鸡、一次羊。

那时,市场上没卖肉的,更没牛奶喝。

市民每年每人几十张供应票。春节里的票证包括:每人花生三两,糖块儿二两,豆腐半斤,猪肉半斤,粉条三两,淀粉二两,红糖二两,白糖二两,瓜子二两,带鱼二两,牛肉二两,羊肉二两,布票一尺八寸,棉花三两……

人们手里拿着一把撕开的小票,拿着盛物的布袋或篮子,头蒙眼胀地跑着,呼唤着去排队。一条条长蛇般的队伍,从商店里排到店外。

队伍里,有男的,有女的,有老人,有孩子,有正当青春年华的小伙子,有含苞待放的妙龄少女。那是不讲打扮的年代,军绿色的服装占绝对优势。人们的发型也绝对简单,男的是一律小平头,不论大人、孩子、青年、壮年。女的是简单的运动头,不论是女童、女学生、女青年,还是白发苍苍的老太太。为了能早点儿买上所供应的东西,有一家人全体出动都来排队的,一个人排一个队;有一个人排两个队的,这个人在这个队排一会儿,又在那个队排一会儿;也有亲朋好友相互排队的……不时有人高叫:"排队、排队、排队!加个儿的出来。"于是一阵混乱,加个儿的辩解声、正义的维持秩序声起伏不断。这条长蛇队刚平息,那条长蛇队又出事端。若是某一样东西卖完了,当时的供货速度跟不上,这条长队哗地一下就散了;或是又来了新货,人们立刻在新货物跟前瞬间组成一个新的长蛇队,人们呼啦啦地拥来,又呼啦啦地散去。

孔秀的第二个丈夫在三十二岁时病在了床上,这是她和他结婚的第三年。

为了给丈夫补养身体，她认为可以养几只鸡下点儿蛋给丈夫吃。

她在那半间屋的围墙外，搭了一个鸡窝，是用拾来的半截砖砌的。那些日子，她带着三个儿女，在废墟中捡了不少砖，大多是半截的。

每次捡砖时，她的自行车后面的车座上，都会放一个纸箱子。孩子们跟在后面到路边捡砖，谁捡了砖，就放在纸箱里。

大概有两年，每天吃了晚饭，不论多晚，孔秀都带着三个儿女，到那一片片废墟中转一圈儿。砖积少成多。后来她让几个弟弟帮忙，为她搭了一间小屋、一个厨房、一堵围墙，还外带这个小鸡窝。

自己盖的那间小屋和厨房都漏水。人们说，你只上几层油毡不行，要在油毡和油毡之间浇点儿热臭油（沥青），再撒上些沙子才能不漏水。

于是，孔秀便向盖房人买了些臭油。她提着一桶桶冒着热气的臭油，再蹬着小方凳，把盛着热臭油的桶先放到房顶上，自己再攀上一棵晃晃悠悠的小沙桐树，方才能爬到房顶上去浇热臭油。她连浇了三桶。她浇完后，又往上撒了不少沙子。

有正路过的人停住脚，在一起住的人也纷纷走出屋子，他们担心地看着孔秀一个女人在房顶上浇着冒着热气的臭油。

有的说："你家男人呢？这活儿是女人干的吗？又没梯子，房顶又不结实，就几个树枝，说把你掉下来，就把你掉下来，臭油可是热的，沾到身上就一层皮。"

有个熟人说："你别往下走，就站在房檐上，我给你接桶。"

邻居大妈说："他男人就在屋里躺着呢，是个病人。这家子人真是可怜呢，一个女人养着仨孩子和一个瘫病号。"

"他男人是瘫子？"

"瘫了五六年了。"

"这忙儿不能帮，帮了落闲话。"

人们摇摇头，走散了。

小房不漏雨了。

孔秀就在搭起的鸡窝里养了一群小鸡。

鸡在垃圾堆里刨食儿,在鸡窝里睡觉。孔秀没喂过它们,只记着早晨开鸡窝,晚上关鸡窝。

十四

那时,孔秀上的班是工厂里的"三班倒"。

三班吃饭时间安排,是在一台机器运转中,三个人自己商量着按钟点儿换着班吃饭。

孔秀无论上什么班,都是先让别人去吃饭。等别人都吃完饭后,她最后吃。这样,她的半小时吃饭时间,可以延续十分钟,这是领导允许的。如果上后夜班怎么办呢?她是早晨五点来钟,紧赶着回家去做好饭,自己先忙着吃几口,又接着叫醒丈夫杨津峡和孩子们吃饭。大家吃着饭,她便匆匆忙忙赶着去接着上班。

就按吃饭时间一共四十分钟计算吧。她出厂骑车再行二里地到家,紧赶大概用一刻钟时间。进了家要生火做饭,这种饭要快些的。早饭要快,通常是上班前做好的,粥、饼子、小咸菜。她把饭菜热一热,就催促大人孩子们快起来吃,快收拾。有时她收拾不了,就下班再弄。有时饭也热好了,她也该到点走了。她就对大人孩子们说:"你们吃吧,吃完放着我下班回来收拾。"

她不让孩子们收拾。她一怕孩子们干活儿伤了手脚,二怕丈夫杨津峡对三个儿女不公道闹纠纷,三怕孩子们完不成作业影响学习。她每次都是下班回来再拾掇碗筷。

你想,孔秀的时间多紧张啊,那是分秒必争。如果儿女都动手干些家务,那她也不会那么苦、那么累。

孔秀知道"唯有读书高"。孔秀能让孩子们专心读书，把繁重的家务劳动留给自己一人承担，这在当时应该是很了不起的，是很有见解、很有眼光的。

但是，大人让孩子从小学会干些家务，不光是替大人分担了一部分家庭责任，而且，在干家务中，孩子也能学会干家务的本事，学会独立生活。杨津峡对这个问题的分析，不能说没有道理，有些看法其实他是很成熟的。孔秀就接受不了，她认为他是拿着不是当理说。因为他整天在夸耀自己，他常常满足地说："别看我是小学三年级文化水平，工资也不比别人低。"

每听到这些，孔秀就"嘘"一声，示意他小声些，怕孩子们听见了，影响学习情绪。

每遇到这些情况，杨津峡也许是面子上觉得过不去，不愿意让妻子否定自己；也许是他认为自己是对的，真理在自己手里，应该坚持原则，坚持真理，和不坚持真理的人要斗争到底，因此他决不退缩。他一定要和孔秀论个高低。

两人为此常常争吵不休，这为以后两人的分居和离婚埋下了隐患。

杨津峡也是不简单的，一干工作就不要命，忘记家、忘记儿女、忘记老人、忘记自己。若不是当初他在大冬天修海河河道时，带头往河里跳，他也不会落下个老寒腿的毛病。

他如今身体有病残，迫不得已躺在床上。他若是身体没病，早天南海北地跑他的机件业务去了。

屋子只有九平方米，不过巴掌大的地方。夏天孔秀还可以在屋外做饭，洗衣服。孩子们也可以在院子里玩儿，在院子里做作业。冬天，五口人只能挤在这斗大一间屋里。

屋里，两个大单人床合并在一起，床上被杨津峡及被褥占着绝大部分空间。床下是大大小小的纸箱子，纸箱子里盛着全家五口人的穿戴；一张课桌改成的碗橱，上面放着小闹钟、案板、炒菜锅。橱里边放着碗筷瓢勺。一张红色坐柜是孩子们学习的地方，三个孩子坐着小板凳围在那里。一个蜂窝煤炉子放在门边，炉子上不是坐着一个两屉大生铝锅，就是坐着一个大高生铝壶，锅里壶里常常雾气蒸腾。窗台上放着洗漱用品。窗台下躺放着一个没盖的小木箱子，木箱子上面放着洗脸盆。木箱子下面是大小洗菜盆。门后边放着一堆蜂窝煤和一个杨津峡日夜离不了的便盆。

孔秀不让儿女干家务，也有房间小的原因。冬天小小的屋里，还有一个小蜂窝煤炉子。那炉子是孔秀自己做的。孔秀刚上班时，学过钳工技术，家里做个炉子、配个钥匙、修个自行车什么的，小事一桩，不足为奇。

小小的蜂窝炉子上，是一口大号双笼屉蒸锅，锅里常常蒸着饼子或熬着稀饭，蒸汽腾腾的。因屋子小，孔秀怕三个孩子来回走，会烫着，只让孩子们在一个地方学习，她自己一个人干家务活儿。

那时，孔秀所在的这一片地域，主食上有一个明显特征，就是玉米面特别多。家家不是玉米面饼子，就是玉米面粥，再就是玉米面窝窝头。

有人说："这是用某个药厂抽过养料的玉米磨成的。"没人考察，也没人否定，却有不少人相信。

因为这里的大药厂太多了，不少厂又是以玉米做原料制药。玉米抽了养料就不吃了，岂不是浪费吗？在那个时代，能按时买上口粮就很不简单了，谁还挑三拣四？

杨津峡虽不能下地，但他很精神。

如果一个人身体上某一个器官有了缺陷，那他的其他器官一定比别人强。就说杨津峡吧，他的腿不能走，但是，他的眼睛和耳朵特别灵敏。

他趴在床上，看孔秀和孩子们做的每一件事情。

孔秀捞面条时，没捞净。那个小炉子和大锅加起来的高度比床高，杨津峡趴在床上，不知道怎么看见了，就大喊道："再捞！再捞捞！没捞净,不行!绝不行!"每到这个时候,他不但皱着眉头,瞪着一双闪着怒光的眼睛,而且还拿起枕头边一根他下地时当拐棍使用的木棍子,狠狠地戳她的腿,或者用木棍子敲她的头,以此表示这些做法他是坚决不允许的。原先,她可没少挨他的打。她的头上、身上,常一个包、一块紫的。后来她才知道,他在部队当过炊事班班长。炊事班班长就是专门检查炊事员工作的。班长要求炊事班战士一丝不苟。你想,孔秀捞面条没捞净,杨津峡能放过她吗?

对每件事情,杨津峡几乎都有与孔秀不同的见解。对她做的每件事情,他都要发表意见。他嘴里不厌其烦地严肃要求着,反复念叨着。很多时候,他和她的看法都大不一样。他虽然不能下床,但他忘不了自己的责任。

杨津峡认为最起码自己是个大丈夫。大丈夫是不能沉默的,不能隐瞒自己观点的,有观点就不能不言声。

孔秀也认为他作为丈夫,有更正妻子言论的义务。他作为父亲,也有教育孩子的责任。有的方面,孔秀不能不承认,杨津峡的观点确有独到之处。

一次,杨津峡趴在床上,看着女儿在柜子上写字,她的两个弟弟围着她,也跟着姐姐学写字。而孔秀一个人,提一桶一桶的水,在铁盆里哗哗地搓,哗哗地洗着。地上放着一大堆的衣服、床单、被罩还没洗,却又是该做饭的时候了,孔秀又马上择菜、淘米、炒菜做饭,忙得不得了。

杨津峡心疼孔秀,又非常生气,瞪着冒火的眼睛对孔秀说:"让孩子养成从小干家务的习惯,对他们也是一种锻炼。你不能就这样自己一个人干。"

杨津峡用他的粗暴方式表达着。

孔秀不爱说过多的话,也不爱事事反驳他。她只是一声不吭地干自己的活儿。

孩子们太小,九平方米的房间太小,人多转不开。孔秀怕孩子磕着碰着烫着。孔秀得保护好孩子。

孔秀到后来才明白，世事皆学问。儿女从小学会干些家务，学些料理家务的事，是大有益处的。

那时候，孔秀养了一些鸡。有次中班晚了，忘了关鸡窝，也忘了告诉孩子们关鸡窝，结果让黄鼠狼拉走了好几只鸡，孔秀想起来特别心疼。

收过几次鸡蛋，的确比外边买的新鲜得多。市场上要票的鸡蛋，蛋清里常有一个黑点。

人们说，那个黑点就是一个鸡蛋的营养价值。

她做了鸡蛋汤，杨津峡喝了一碗后说："是挺新鲜的，留下的给孩子们喝吧。"

"哦——"她答道。

自己家的鸡下的鸡蛋什么味儿？孔秀不知道，也不想知道。她只知道，当每个月用粮本买了粮食时，那按人头供应每个人的二斤白面、半斤大米，要首先交给托儿所、幼儿园。其余剩下的，要留着给病丈夫做着吃。

丈夫再剩下的细粮，才能做成汤汤水水的面片儿呀、大米粥呀，给孩子们在家里吃。

她是壮人，用不着吃这些有营养的细粮。

她杀过一次鸡。杨津峡有一天对她说："你还养鸡？你就养人吧！那天有人喊：'谁家鸡吃俺家菜啦？'我琢磨着是咱家的鸡。我也动不了，你就把鸡杀了算了，省得你晚上叽叽叽、咯咯咯地满院子叫半天。"

她按他的意思，把鸡杀了。第一次杀鸡，刀没割破鸡的气管，鸡又跑了，带着血淋淋的脖子跑的。她手软得不敢再杀鸡，好像那次是邻居给杀的。

孔秀还想起，她想让杨津峡喝上羊奶，就给别人要了一只刚出生的小白羊。

那时，杨津峡的单位给了一套宿舍。宿舍后面是一座造纸厂仓库，仓库四周长满了绿油油的青草。

孔秀让两个儿子玩耍时，牵着羊，顺便让羊吃些草。

杨津峡不让孔秀的女儿到那个宿舍住。

其实，孔秀和杨津峡搞对象第一次见面时就带着这个女儿。那时，杨津峡看着这个女儿很亲，每次见面，常带着糖块儿包在手绢儿里。他剥一块糖，放在孩子嘴里，孩子嘴小，糖块儿大，有口水流出来。他轻轻地用手绢儿给孩子擦干净，让孩子坐在他腿上，很有耐心。

孔秀一下动了心。若是第一个丈夫知道这么对待孩子，自己也不会和他离婚。

她的第一个丈夫叫刘汉章。那会儿，他还真是个大孩子，家里有好吃的，他总是先抢着吃。也许因为他是独生子，从小父母惯他惯得厉害。他是在父母手心里捂大的。

他不知道疼大人，也不知道疼孩子。别人怎么疼他，他也没感觉。似乎别人疼他，是顺理成章、天经地义的事。

不能怪他，因为那时候他也太小，才二十岁就结婚了。他们有了儿女，他也不知道还有尽责任这一说。

在他的家里，是他父母当家。他认为自己有了儿女，也应当由他的父母管。他是老百姓说的地地道道的"吃凉不管酸"的人。

他的人成家了，他的心没成家。

他身体单薄，人很憨厚。

他是从一个市级大学上一年级后，下放回到农村家里的。国家让回来就回来，他没怨言。村领导让上地就上地，地里活儿多么累，他也不叫苦连天的。他默默地扛着锄头，跟着乡亲们日出而作、日落而息。

他从小哪干过那样累的活儿，锄草耪地抡镢头，栽苗种菜收棉花，他在炎炎的烈日下，汗流满面，尘土掩背。

他每天回家，都累得筋疲力尽，吃了饭便倒头就睡。

每天早晨，老人都是站到院子里喊呀叫呀，喊上老半天，他才懒洋洋地起来吃饭。

他吃完饭，不声不响，把碗儿一撂，就又扛着锄头、铁锹什么的，蹲到街上大槐树底下，等着队长带队集合，往地里去了。

刘汉章，真是个庄稼人的后代。他上了十年学，又回到庄稼地里。他不爱拉闲话，也不爱和人交往。

孔秀第一次见他时，是他慢条斯理地进了她的家。

他悄悄地走进她的家，向她腼腆地笑笑，刚要坐到椅子上，又站起来，向厨房走去。他和孔秀爸打招呼："叔，你今天休息啊！"

他打完招呼，才又找地方坐下，坐在床边一个角上。

厨房里，孔秀爸正切菜做饭。见他来了，孔秀爸一边应酬着，一边出去把孔秀妈从外边叫回来，让她和孔秀说他来的原委。

孔秀妈把孔秀叫到后院大娘屋里说："秀，妈给你说个事儿。"

孔秀平时最听妈的话。妈不容易，带着七个孩子，很苦。

"什么事儿？你说吧，妈。"孔秀顺从地说。

"你大了，该懂事了，你看你大娘的闺女和你一般大，都抱上孩子了。"孔秀妈关切地说。

"我才……还没到十九岁呢。"

"法律上规定十八岁可以结婚。"

"我……"孔秀不知道该说什么，一点儿准备也没有。

"他家挺好，郊区的，家里是独生子。一家占一套院子。他在外上学刚下放回家。人，你也瞧见了，挺老实、挺懂事、挺厚道，长得也不错。你说，是吧？"

"这……"孔秀对刘汉章的第一感觉虽然还可以，但这是终身大事，哪能……她笑了笑，夹着苦涩。

"我和你爸已经上了他家，他家离这儿十来里地，他的父母五六十岁了，还有一个姐在本市。你们一个城市一个农村，你不下放，有吃的也有零钱花。你若下放，十来里地离这儿也不远。咱这个家太苦了，你跟着受了这么多年苦，领大的带小的，只要不出嫁，就得跟着我受苦受累……"孔秀妈说着说着哭了，"我和你爸不担心别的，就担心闺女你没个好落脚的地方，如果舍不得你走，就害了你。闺女一过二十岁，就不好找婆家了。我和你爸左思右想，这个人的条件可以。我打听了，这户人家不错。"

"妈，这不叫包办哪？"

"这怎么叫包办呢，包办是拜天地以前，两人不见面。我们看这事儿行，就把他叫来了，让你看，你看行呢，你点头，不行呢，咱再说。"

孔秀妈的眼泪叭叭地掉下来："闺女大了，揪着父母的心。你离厂子远，天不亮就走，天大黑才回来。你知道老人的心是啥样子的。"

孔秀不忍心父母为自己伤心掉泪，她认为天下所有的父母都不会害自己的儿女。

那时，刘汉章长得很帅。他大大的眼睛里闪着亮光，他的衬衣是学生式的，他的蓝裤子的裤印儿很直，他脚上穿着一双崭新的网球鞋。这身衣裤在那个时代，属于比较讲究的那一类。

孔秀在家是老大。她要照顾老人，还要照顾弟弟妹妹。吃饭时，她先紧着父母和弟弟妹妹吃，给他们先盛好一圈儿饭，最后才盛自己的一碗儿。任何事，她也是顾了老的顾小的。

孔秀进了刘汉章的家，自然也是如此。她吃饭时，先给老人盛，给男人盛，给他姐的四个孩子盛。最后，她才给自己盛。饭不够时，她就凑合着加点儿水。

她结婚六七年后，有了一儿一女。那一阶段，孔秀住在厂子宿舍里，带着孩子上下班。

刘汉章和父母住在农村，什么也帮不上她。他也不知道应该帮她，他只知道每月她开工资前的一天，到她宿舍找她，跟她要一次烟钱，五元钱。他再在她的宿舍住一宿。在那里，他看着她忙，也不知道帮一把。他眼里没活儿，让他干，他也瞪着疑惑的眼睛望着她看，看一会儿就躲开了。他没有丈夫的责任感，也没有做孩子父亲的责任感。

"也许，在农村男的就没干家务的习惯。这也不怨他。男的在外工作还好说，女的在城市，男的在农村，是倒置，不正常。当时都没想到，现在已经到了这个份儿上，你就忍忍吧。"妈妈劝孔秀，"谁家也有难念的经。只要一忍耐，也就过去了。"

"他眼里没活儿，不会干家务，这也不算他的缺点，你和人家急，人家不还嘴。一个男人，脾气够好的了。"多少次，孔秀自己劝自己。

他憨厚得让人心疼。

孔秀有一次问刘汉章："我娘儿仨过节没回家，你婶儿也没问问？"他管妈叫婶儿。村里的风俗，独生子是缺宝宝，管妈叫婶儿。自第二个孩子出生后，孔秀星期天太忙了，顾不上回家了。

"问了。"他实实在在地说。

"怎么问的？"

"你媳妇节日里回家来不？"

"你怎么说的？"

"我说，厂里不放假。"

"她还说什么了吗？"

他说："俺婶儿对你不满意，嫌家里娶了媳妇见不着人。家里的猪、鸡，还得她自己喂，儿子还得自己照顾。"

"还说，你这媳妇不如不娶，见不着的媳妇要不要吧。要不，离婚吧，娶个农村的，可以守着家。"

刘汉章老老实实、清清楚楚地重复着他家老人的话。孔秀一听就炸了。

"什么，离婚？我进你家，没吃过，没喝过，没花过你家一分钱。我生儿育女，你也不知道照顾，老人也不管。孩子成天得病，老是我一个人往医院跑。你在家挣了工分，你又不当家，人指不上，钱也见不着。你家

—— 073 ——

老人拿上工分钱，也不管你的孩子的生活费。我遭罪呀！跟着你，生了两次孩子，流了三次产，都是我自己照顾自己，还要带孩子。我头发落了一大半，肾功三个加号，没人心疼。你家还要和我闹离婚！你算什么丈夫？我不怨你老人，我怨你！怨你不知道疼人！怨你不知道为我支撑事儿！怨你当了父亲又不知道尽父亲的责任！"

孔秀哭着说着，把怀里的女儿吓哭了，儿子也抱着孔秀的胳膊直喊："妈妈不哭，妈妈不哭。"

刘汉章真是个老实疙瘩。他这叫不会中间唱戏。这本是婆媳之间的正常矛盾。他把婆婆的话带给媳妇，又把媳妇生气后的话原封不动地带给婆婆。

孔秀也不该每次都问他，老人都说她什么了。只是她除了问老人的事儿，别的和他没话说。她工作上的事儿和他没有联系，对社会上一些事儿的看法，城市和农村也不一样。

离就离吧，去了两次就办了手续。

只是后来，孔秀为孩子大大费了脑筋。

孔秀只想：两个孩子她都要。她只是想和刘汉章断了关系。

他第一次同意了，两个孩子都归她。民政局让第二次来就可以办手续。

第二次去办手续时，他又不同意两个孩子归她了。他说："俺婶儿说了，小子是刘家的根。俺要小子，把小子要回来。"

办手续的工作人员给孔秀做工作："你看你才二十几岁，就变成这样了。你要命重要，两个孩子都给他吧。你先养好病，要了命再说。"

当时，孔秀面黄肌瘦，弱不禁风。她干枯发黄的几根头发梳成的两根小辫，苍蝇能叼走。她两眼无神，脚抬不起来，慢慢地走路。她浑身穿的是补丁叠补丁的衣服。她怀里抱着一个孩子，手里拉着一个孩子。两个孩子都是明显缺乏营养，细细的脖子支撑着一个大额头的脑袋。她只要一站住脚，手拉着的大孩子就立刻抱住她的腿，这样才能站稳。她怀里抱着的小孩子，一个劲儿地用头撞她的胸，饿得张着嘴要吃奶。

刘汉章面色红润，穿戴整齐。他在旁边一句一句地对工作人员强调他娘儿怎么说，他娘儿又怎么说。

工作人员是个男的，大个子，一身旧军装。他看看这娘儿仨，又看看他，说："你是和谁过日子的？是你爹你娘你姐，还是他们？"

"我和我爹我娘我姐过日子。我爹我娘养活我不容易，就我一个儿子。我姐供我上的大学。我不能离开他们。"

"平时，你不能在家带上俩孩子，叫她养养病？"

"我姐还有四个孩子在家。老人家老了，孩子太多了，带不了。"

刘汉章是个真正的孝子，谁对这样的孝子都无法再说东道西，都无法指责他。

据说，他的母亲说"你们离婚吧"时，并没在意，是一时生气说出来的。他呢，也没在意地把话传给了她。她也就很抱屈，和他一阵嚷："离就离，我跟着你家受那么多苦，我没说和你离婚，你还要和我离婚。"她当时说的也是气话。

话赶话，就走到了离婚这一步。

七年的夫妻，没吵架，没翻过脸，却走上了离婚的道路。

最受伤害的是一双儿女。可当时两个人都没有认识到这一点。

那时，他只听老人的。

那时，她只想要命。她觉得再这样下去，又苦又累。她若连着怀孕、流产，可能就活不成了。那时，她认为，只要她能活过去，就能管孩子。她若活不过去，一个孩子也管不了。

简单说，她能活过去的基本条件，就是他别再来打扰她，别叫她再怀孕，别叫她再听生气的话。

儿子虽归他，但还是由孔秀带着。这种决定，他同意，她更同意。

她认为两个孩子不离开她就行。

他们办了离婚手续。

十五

如果，刘汉章对自己的亲骨肉，知道像杨津峡那样给孩子糖吃，而自己舍不得吃，孔秀又怎么会和他离婚呢？

"只要杨津峡对我这个女儿知道亲，我就同意和他结婚。"孔秀当初对介绍人说。

如今，自他有病，心里让病折腾得烦躁。他的烦躁变成气，就开始往孔秀女儿身上撒。

孔秀受不了他对女儿撒气，她想："我照顾不好你，你打我、骂我，我都能受，但你不能虐待我女儿。"为此，她哭过多少次。

后来，孔秀的头常常被杨津峡的手杖打得一个一个的包，身上也常常青一块紫一块的。

没什么原因，就是因为孔秀端水端得慢了，他渴了，他就打；孔秀端屎盆端得晚了，他感觉熏得慌，他就打。他蛮有理由地说："不打你，你动得慢。夜里，不打你，你能醒吗？"

除此，还有为这个女儿。他看不惯孔秀女儿的举动，就打。杨津峡蛮横地对孔秀说："是你说的，看不惯她，我就打你。"

孔秀由于第一次婚姻失败，大儿子令她思念成疾，哭得伤了视力。她便决定不论遇到多少艰难险阻，她也要全力保住这个家。

市场上没牛奶没羊奶。孔秀决心养两只羊，有羊就有羊奶。如果杨津峡喝了羊奶病就能好，这病一好，他一准儿就不再打人，不再生气了。

她还盼着他能有一天，像她和他刚认识时那样总是嘻嘻嘻地笑。

她和他刚认识时，他背着一个绣着"为人民服务"的红字军挎包，走路步子很小很快。

他常从军包里拿书,他大多拿出来的是那本《卫生知识手册》,他常在书里替别人找寻病情答案。

那时,他在厂卫生室工作。他把口罩往下一摘,首先映入眼帘的是他那一口雪白雪白的牙齿。

他很乐观,爱笑。他见熟人一说话,手就跟着话音比比画画,很形象。

孔秀就盼着等着,希望他还能有一天变成那时的模样。

为他能恢复成那样,她宁愿付出自己的青春岁月。

孔秀养的羊一天天大起来。

忽然一天,羊"咩咩"地叫个不停,白天叫,夜里也叫,叫得四邻不安。

杨津峡说:"这是我的宿舍,人家有意见冲我说,这羊别养了,让人家宰了吧。"

那时候,她已随他住进他分配的宿舍。

羊宰了,宰羊那家给拿回一片排骨,排骨瘦得几乎全是骨头。她问杨津峡:"这羊是病了吧?"

"没病。"他当时好了些,能拄着拐杖在地上转转,有时还让孩子搬个板凳到外面晒晒太阳,医生说这种病就是磨人,没大碍,他正争取在厂里找一个力所能及的活儿干干,他说在家闷得慌烦得慌,光想发火儿。

其实,他也不愿意发火儿。

"羊没病?它为什么整夜整夜地叫?"那次在外面乘凉,孔秀问杨津峡。羊养这么大,她可怜它,羊奶还没喝成,羊就被杀了。

他不言声。

旁边的女邻居却搭腔:"这你还问,不明摆着吗?羊是闹春。大羊不怀小羊,就有奶吃啦?"

孔秀一直心疼那只羊。那只羊白白的,常顺从地跟着她到造纸厂仓库后边那片青草里,吃一会儿草,就抬头望望她,怕她走了,扔下它不管。

它却因思春被杀了。她想起读书时的一篇古文,老师说:"女子思春，也很难熬的。"

孔秀却想不起自己曾有过思春的事。自从她和刘汉章结婚，就连着怀孕，七年内大生两个，小产三个，又生又流的，身体都垮透了，她被吓怕了。

如今，她上班那么累。在她的业余时间里，还得参加集体活动，三天两头办学习班座谈，班前班后在会上跟着大伙儿喊口号。其实，这时若问她刚才你喊的是什么，她却一无所知。她心里只想着自己家的大人孩子。

回家了，她又机械地给孩子、给病人做饭，洗衣服，收拾房间，做衣拆被，给病人扎针灸。她先在自己身上扎，做试验，再在丈夫身上扎，一天左面身，一天右面身。

厂里不少人见她能给别人扎针灸，有人也断不了让她扎个胳膊、腿的，以缓解病痛。之后，领导就让她进培训班培训了半年。

从培训班毕业，医务室发给她一个药箱子，里面有日常用药、丸药、针剂、听诊器、血压器、注射器、针灸盒等。

孔秀上班就背着这个带红十字的白色药箱子。她把它放到机台上的布车旁。一个班次有一百多个人，谁有个头疼脑热的，她就给谁治治。

生活中极度的快节奏，几乎使她都忘了，人还有思春这一说。反正她这一世是没有了。第一个丈夫让她怕怀孕，第二个丈夫是性功能障碍者。

她生孩子很密。她和杨津峡婚后三年中，生了两个孩子，两个很可爱的儿子。

孔秀是无形中受自己妈妈影响的。妈妈说："年轻时多要几个孩子，孩子是无价宝。人老了就有自己的孩子管，孩子之间的亲人也多。"

孔秀先后生了四个孩子，三儿一女。她立志把他们培养成栋梁，尽一切努力让孩子们学知识。她的每个孩子从小就知道"将来要上大学"。

养小狗是孔秀一生中第三次养小动物，第一次是养鸡，第二次是养羊。

小狗豆豆虽然是一条狗，小脑袋瓜儿可真不简单。

狗通人性，一点儿不假。

豆豆想出屋去玩，可楼房哪能出去呢？它跑到李世光跟前，用头示意要去外边，眼睛一撩，让他带它去。见他没出去的意思，又颠儿颠儿地跑到孔秀跟前，用同样的方法表示自己想出去玩。

它的小尾巴摇呀摇，摇呀摇，意思是"咱们出去玩玩吧，咱们出去玩玩吧"，也许是"我要撒尿，我要拉屎，我憋得受不了了"。

豆豆有时见主人不让它出去，就委屈地躲在凳子底下掉眼泪，也许是大小便憋得它眼泪汪汪的。

狗能善解人意，人却不能理解狗，狗真苦。

当孔秀或李世光单独要带狗出去遛圈儿时，那狗好像懂事的孩子，要他俩做伴同去。

它等在门口，等着另一个人。有时其中一个不去，它就不走，卧在门口等啊等啊，等两人一齐去了，它就满足地活蹦乱跳地跑啊跳啊，快乐无比。

豆豆上下楼梯时，它还知道等人。它跑在主人前边了，自知在主人前面无礼，就等啊等的，只等到主人走到它前面。它呢，才乖乖地跟在主人后边，以此表示它对主人的尊重。

狗是忠臣，对主人是百分之百的维护。

孔秀不论是高兴，还是不高兴，是手里提着东西，还是没提着东西，只要一推开门，首先迎接她的就是那条小狗。

小狗是她的开心果，是全家人的开心果，也是李世光的开心果。

小狗不分辨主人是做了好事还是错事，它都一视同仁。

不论李世光玩麻将什么时间回来，是白天，是黑夜，是赢了，还是输了，只要是一听见他进门，它就飞跑过来，一蹦一跳地欢迎他，并汪汪地叫着，挺着身站着，小尾巴晃啊晃啊地摇着，逗得他嘿嘿笑。

他很喜欢豆豆。有次豆豆生病，他带它去兽医站打针，路上让摩托车碰得住了好几天院。但他还是爱它，喂它吃，喂它喝，抱着它看电视。

尤其是孔秀，她越来越爱豆豆。

那一年春节前几天的深夜，大概在一点三十分，小豆豆突然对着黑乎乎的门，狂叫起来。

当时，只有孔秀和她的儿子小黎在家里。

他们见豆豆对着门，一蹿一蹿的，狂叫得让人心惊肉跳，便十分奇怪。

儿子小黎忽然把门一开，隔着一层铁棍保险门，看见外面走廊上站着四个衣冠不整的彪形大汉。这四人一见门开了，有男有女的都在家里，就两个往楼上走，两个往楼下走。

豆豆看门是天性。白天家里没人，它就找地方去睡觉。晚上，它一夜一夜地给主人值班。

要不，人为什么会喜欢狗？

自从养了狗，观察狗引起了孔秀的很多回忆：如果自己也有小狗讨好人的思维，她便不会活得这么累。

她觉得，她的致命性格是太爱求真。什么是真？其实，人站的角度不一样，年岁和经历又不一样，对这个理解也不同。

她尽力地干好工作的八小时。她从来不迟到，每天早早进厂做准备工作。她下班走得最晚，机台上的收尾活儿，她几乎都包了。

她和自己机台的师傅，似乎是一个性格，干活儿不要命。别的机台只开一道工序一道布，她们的车开两道工序两道布。也就是开了流水线工序——两条线。八小时下来，共三十四箱布。每一箱布长达一千八百米。这三十四箱布要从上道工序推来，做完活儿还要从这道工序送走，两个人的工作量，是最少六个人干的活儿。

她推着那高高的盛着一千八百米平布或三千六百米细布的布箱车，就如同一只小小的蚂蚁，用头顶着一粒硕大的高粱米，徐徐地往前移动着。

同车间的人，有人称她是一头牛，她后边拉着一辆大车，车上是满满的布。她在家的负荷是三个孩子和一个病人。她也像一头牛，她背上驮着丈夫、儿子、女儿共四人。饿了渴了，她自己找水喝，找青草吃。有奶了，她供给背上的亲人。

然而，她和同志们的关系却不怎么融洽，她总感觉别人也应该像她那样不要命地干活儿才对。

她后来在厂里担任了挡车工的工作，她还专担外销布的重担。她要对工作负责任，有一个时期，同班都是男挡车工，而只有她一个女挡车工。

这个工序的布，需要经过220℃高温蒸化，布若在蒸箱里出了故障，挡车工要负责钻进蒸箱去处理。220℃高温，到处是烫手的转轮和冒热气的布，夹杂着呛鼻的染化料味儿。

蒸箱里尽管有吹风机呼呼地往里吹风，但里边仍然处在高温之中。她不知有多少次，在蒸箱里稳稳地处理了故障。每次出来，她的头发、工作服湿得像用水冲过似的。

这个工序在每个夜班收班时，须要本机台人在车台内打扫卫生。一个机台几百个大大小小的布轮，都要人用砂布擦得干干净净的。她低着头，两只手抱着一根一根碗口粗的不锈钢转动轴，吃力地用砂纸擦呀擦呀，几百个转动轴都擦得干干净净。

每次，她用手按着砂布，擦呀擦呀，身上、脸上、胳膊上、头发上都沾满了厚厚的灰污，又被汗水冲得像一条条小河水在沟壑中流淌。

每年夏天酷热的天气，不少身体弱的人都歇病假了，但她没休过，她一干就是十二年。

她咬着牙推布，推着几千米一箱的一排排布车。

她闷着头推呀推，推了一桶又一桶硕大的大碱桶，推了一趟又一趟那个一人多高的大火碱桶。

她是一个弱女子，在那轰隆隆的高温、高毒、高体力、高噪声的印染车间里，干了整整十二年零三个月的男子大汉的体力活儿。

她求一个"真"字，较一个"真"字，她认为只有"真"才是美，只有"真"才能表现出一个人的内在品质。

她还在一个国庆节加班时，参加过一次车间大工房房顶刷油漆的任务。几十米高的房顶，人们扶着一层一层踏板上去，用刷子一层一层地刷油漆。据技术人员鉴定，整天雾气腾腾的工房，按时刷油漆和不按时刷油漆，工房的寿命相差几倍。

因为长期在有油漆的环境中工作，孔秀的身体受到了一定影响，落了个失眠的病根，至今严重地影响着她的睡眠质量。

其实，孔秀到老才意识到，越是工作干得多的人，错误就越容易犯得多。因为活儿干得越多，出现的毛病越多，这是合乎逻辑的。

机器上出了质量问题，就扣分，不干活儿的就不扣。

干活儿多的人长时间不迟到、不早退，偶尔一次夜班睡误了，迟到一次，全班组尽人皆知，因为平时这个人从来不迟到。而天天迟到、天天早退的人，人们早已对他们这种行为司空见惯，不以为然。

她认为，能让孩子们都平平安安地长大就好，能让长期卧病在床的丈夫站起来就好，能在厂里安安稳稳干下去就好。

真的，孔秀不止一次地想，再难也要做一个内在品质高的人。

她还想起儿时在画册中看到过的那个小英雄，一个小男孩儿刚把坏人放在铁轨上的大石头推下来，火车便从他的身边飞驰而过。

她曾立志自己一定要做一个像小男孩儿那样的人。

人往往最初的立志，就会形成这个人一生的信念，而且还是坚定不移的信念。

这是她小时候，跟着同院小孩儿小莲，在那个小小的石头村，看那本儿童画册时，就在灵魂深处铸下的信念。

不论世道发生多少变化,她都是在这个信念下度过了一年又一年。

她认为做不了那样的英雄,是没遇到那种机遇。如果有那种机遇,她一定会做那样惊心动魄的事。

孔秀在河北邢台地震时,就曾顶着余震,到三楼上救过两个不满周岁的孩子。

那是个下午,她正在办公室里,按领导计划,疏散人口。

猛不丁,房子晃悠起来,头顶上的灯泡也晃悠起来。

由于前几天的地震的经历,人们很快意识到这是余震。

办公室里的三四个人,几乎是同时不顾一切地向外冲。

孔秀和同事们刚跑到远离高楼的空地,还没站稳,就听见不远处的楼上,有人在惊慌地喊:"快来人哪!这还有好几个小孩子哪!"

那是托儿所的三楼,呼喊的人正是托儿所的阿姨。

孔秀几乎想也没想,撒腿就向托儿所的三楼跑去。

她的身后好像还有几个人同时跑着。不过,她是跑在最前面的一个人。

她一步两个台阶两个台阶地向楼上跑着。到了三楼一看,小班的孩子,几乎有一半还在小床里。她顾不得细看,一手抱起一个,连孩子带小被一股脑儿抱上就往楼下跑。

整座楼震得晃晃悠悠。

她是在晃晃悠悠的楼中跑下来的。

第二天,单位的大喇叭里表扬了那个托儿所阿姨,那个阿姨是托儿所所长。

十六

小狗豆豆真招人喜欢,孔秀在豆豆这条小狗身上悟出了一条又一条的人生哲理。

哄人，就是一条用活了的哲学真理。

孔秀想，如果自己会哄老人，那时和第一个丈夫刘汉章生活时，她把刘汉章的父母哄高兴，让他们看着两个孩子，自己好好养病，也不至于使两个孩子缺爹少娘地受折磨。

哄老人哄丈夫，其实这是一个成婚女人不可缺少的本事。

刘汉章说话、做事都站在了老人一边。她那时驾驭人的能耐差，对这些事，她不懂也不会。

孔秀和第二个丈夫生活时，家务事中男女活儿都是她一人干，拉着八百斤蜂窝煤上下坡，就像是爬着走一样。她舍不得让孩子们一起干，只一心要孩子们上学，好好学习，除了念书就是看书。孔秀苦得难以描述当时的一切，而子女却失去了锻炼生活能力的机会。

做饭，是一门厨房艺术。人要是连日常的饭都不会做，或做得不好，也会影响家庭的正常生活。

别看孔秀的第二个丈夫杨津峡的腿有病，但对做饭却很专业，依他的话说，他这是有来头的。他会做部队的大锅菜，她要孔秀也做出他要的口味。

他曾在部队当过炊事员，他一心想把部队的饭菜味道建在这个家上。可是，他又动弹不了身。他强行想让孔秀做出这个味来。孔秀从来没有参过军，她更没有吃过部队的饭菜，不知如何去做。她要天天上班，没有星期天。她要带三个孩子，管他们的吃穿，她还要伺候瘫丈夫。她确实没有一点儿时间去认真研究那是什么样的饭菜，她更没有经济实力去采购那些饭菜的用料。

孔秀和第二个丈夫的家庭纠纷，有一部分就是因为杨津峡嫌孔秀饭菜做得不合他的口味引起的。他有五年左右是完全卧病在床的。他虽然自己干不了活儿，下不了地，但他脾胃没病，并且还很好。他还有个专长——

很会品尝饭菜的滋味。

每次,杨津峡对孔秀端上来的饭菜,都能提出点儿不满意的意见。这些意见从现在看,大多数还是有道理的。

但孔秀有孔秀的难处。她只能有时说这个理由,有时说那个理由。

一是市场没东西。手里拿一把票证,却没处买,或排队太长,买不到。二是五个人的全部花项是孔秀的工资,每月只有四十八元整。杨津峡的工资自己拿着、攒着、攥着,他说他自有用处。没钱没物,巧妇难为无米之炊。三是孔秀感到冤屈。她认为丈夫不能下床,不能干活儿,孩子们上学,就她一个人里里外外地干活儿,还要上班挣钱养活全家。丈夫能按时吃上三顿饭,还吃细粮,就很不简单了。杨津峡不知道心疼人,还一个劲儿地挑礼儿、找毛病,横挑鼻子竖挑眼,孔秀的火就不打一处来。每当杨津峡挑饭菜的毛病,孔秀心里、嘴里都不服气,可她又不能和一个病人吵。

于是,孔秀不是累得掉泪,就是气得掉泪。

有一段时间,她真不想活了。光累光气不算,孔秀认为杨津峡和厂里的人联合起来整她,因为她的观点不合时宜。

"有的印花布一遍印成,连洗都不洗就成合格品出厂了,坑老百姓呢!"孔秀又一次对病床上的杨津峡说。

杨津峡也是粗心大意,一次偶然的机会,孔秀的几个同事进家来找孔秀。孔秀出去买东西没在。那几个同事眉飞色舞地夸自己的厂子多么好,市里领导送喜报啦,厂里连续开庆功会啦。

杨津峡不知道内情,把孔秀关着门跟他说的话说出来:"你们厂全是骗人、骗领导的。印出来的花布一洗,就掉颜色,孔秀早给我说了,这是糊弄领导哩,坑老百姓哩!"

其中有个人,把杨津峡的话原封不动有意无意地传了出去。从此以后,孔秀在厂里的日子不好过了。有一个好心的领导郑重地告诫孔秀:

"你咋背后捅厂子的事呢？要不是看你平时工作不错，出身基本没问题，早对你进行处置了。"

有个车间头头，在一次一百多人的全班大会上，点出了这个事儿："我们班上有一个入党积极分子，关键问题上禁不住考验，背后拆厂子的台，污蔑我厂。今天警告你！有利于抓革命、促生产的话多说，无利于抓革命、促生产的话别说！是谁，谁掂量着点儿！别自找不痛快！我们可不管你是在哪儿说的，就是在睡觉的床上说，也不允许！"

人们哗的一声全笑了，一百多人的目光也呼啦啦地一下子冲孔秀所在的地方射过去。

打那天起，孔秀在厂里的日子，度日如年，越发难熬了。

孔秀干活儿好，平时又很文静，人们对她比较敬重。领导对她的祖宗三辈，也做了调查。可以说，把孔秀的老底翻了个底朝天。

孔秀的爷爷在十四岁时，家乡河北正定县遇上大旱，他就和一个一起上私塾的同学，背着铺盖卷，进了北京当学徒工。

他们的掌柜是挂面厂的，当他们三年学徒期满时，掌柜的对他们说："你们学够三年了，以后该拿工资了，你们看这样行不行？把咱们正用的这台压面机合合价，你俩再干完这台机器的价儿，就把这台机器抬回老家，去开个挂面铺吧。我这也想换个电动的了。"

孔秀的爷爷那时刚十七八岁，正是血气方刚的年纪。他高高细细，认真听着东家对他们工作结算的规划，不时露出满意和骄傲的神情。

然而，和爷爷一起学徒的身强力壮的那个大个子伙伴，没听完东家的话，就忍不住瞪着两个煤球眼珠子，冲着东家大声喊道："咋？俺干了好几年，白干……白干啦！以后不付钱，还让接着卖力气？卖到了，就给这台铁疙瘩？俺能吃啊？能喝啊？俺要现钱！要现钱！"

戴着灰毡帽的东家皱皱眉头，不言声了，把身子一扭进了账房。

爷爷一看两方讲拧了，就拉住伙伴劝说道："哎呀——你咋死脑筋？

叫我说，给咱这机器，比给咱现钱还强哩！你想，现钱一花，就没了，哪比这机器能造钱来得好！腰缠万贯，不如一技在手。你我来时手里还有些钱，到时候，咱干吗不抬着机器回家，也像东家一样，开个挂面厂哩？"

伙伴一听也有理，他翻着大眼珠思摸了一会儿说："那……那就按你们说的办吧。"两人又干了两年，把机器用火车运到了石门子市。

石门子市那时候刚通上铁路，还没有一个挂面厂。两个青年干得很艰苦，却也有不少发展。他们的挂面厂，有了自己固定的订户。

但是，爷爷的那个伙伴后来还是走了。他得到了自己应有的那部分钱，回原籍了。孔秀的爷爷把机器的一半合成钱给了伙伴后，自己从此在石门子市扎了根。

他带了几个徒弟，把厂子开得很好。

石门子市当时有一个小医院、一个小鞋厂、一个小车站饭店、一个小机械厂，还有一个小纺织厂，他们全订他的挂面。

他的前妻给他留了一个儿子，他的第二个妻子又为他生了三个儿子一个女儿。

孔秀就是爷爷第二个妻子生的二儿子的大女儿。

当爷爷有五个子女要养活时，他有些支撑不住了：一则一人养七人，负担大；二则挂面厂实际是一个小作坊，还是那一个老掉牙的手摇压面机。这时候的石门子市，已有好几家挂面厂，所用的压面机都是电动的。

孔秀的伯父六岁就到刻字社当学徒工。他长大以后，进铁路当了工人。由于他在刻字社时认识了字，字写得还很好，人又忠厚实在，求进步，而且，他长得也很周正。领导重用伯父，让他当了石门子市新中国成立以后的第一任铁路南货运车站站长。

孔秀的爸爸，是年年拿先进的铁路火车上的列车长。他淳朴善良，工作上勤勤恳恳，曾对具体工作操作方法进行过多项改进。他受过国家级奖励。他多年孜孜不倦地学习报纸，学习国家及单位制定的各项规章制度和岗位责任制，是个永不褪色的老先进工作者。

孔秀的叔叔，新中国成立以后在石门子市的饮食业团委工作。解放石门子市时，他曾带领秧歌舞高跷队，举着红旗，把共产党的大军接进了石门子市。

孔秀的姑夫，是老八路军写大字的人。他登上梯子，甩开肩膀，用大条刷在墙上写出"解放全中国！""中国共产党万岁！"。

孔秀的政治审查，他们没查出什么问题。但时间不长，便从她的现实中找出毛病来。

重要的外销机台突然出了好几箱疵布，那么多工序连查找都不查找，调度员就一下把这些疵布单单打在孔秀的工作记录上。

人们与她立即划清界限。平时，每当孔秀为机台推着布车从一个岗位上过时，旁人只要能腾下手，准帮孔秀推一把。同事们这帮着一推，就省了孔秀的力气，孔秀自然也给帮忙的人一个微笑。

此刻，这些人一见孔秀推着硕大的布车，艰难地一步一步经过自己的身旁，再不敢帮她推那一把了。同事们又不忍心不帮，就只好把头一低，装看不见，或找点儿活儿干，好躲开是非。

谁敢帮她的忙，谁就被值班班长在会上点名。如今她又出了那么多疵布，同事们都清楚这事，"帮她就是自己引火烧身"。

本来两个人的岗位，领导抽走一人去干别的去了，让她一人干两人的活儿，已满负荷工作量，又加一码。累得孔秀两条腿像灌了铅，但还要挣扎着把工作往前赶。

吃饭时间本来是歇人不歇马。在机台上的人，吃饭时间是轮流倒班吃。有的吃得时间长一点儿，有的吃得时间短点儿。孔秀总是先让别人吃完饭再替自己，自己都是最后吃。因为孔秀要回家照顾丈夫和儿女。

现在，有人给她看着表卡时间了，过一分钟都给她算迟到，都要由有关的人出面教训她。

她只好每次吃饭都是小跑着去，小跑着来。跑回家里忙活好饭，根本没时间吃，手里拿块饼子夹块咸菜，在奔跑的道儿上往嘴里塞几口就算吃了饭。

不回家不行，一个病人仨孩子都在等着她。

一个曾与孔秀比较贴心的小姐妹，怕孔秀的霉气影响自己。其实，谁不怕被牵连？在更衣室里，在人员聚集之地，那个小姐妹用"话"敲打起孔秀来，以表明与她划清了界限。

"有人自觉得自己了不起，带着孩子嫁人。"

人们用眼光寻找被指责者，孔秀。那眼光的针刺得人生疼。

是自己碍着人了吗？孔秀低头看看。此时，她自己就站在自己的衣柜前，谁也没碍着。

"成天使劲干活儿，目的就是入党。这下，入党？门也没有！出了疵布，等着挨处分吧！"

这些话针对性很强，但就是不点名。孔秀也就不接这个茬儿。因为孔秀实在是累了。她要工作，工作中一人干两人的活儿。她要照顾家，一个病人和三个未成年的孩子。

她没劲儿和别人争论，没劲儿和别人论短长。她知道这些姐妹也是不得已而为之。如果不找点儿茬儿与自己划清界限，不定哪天会一同被牵连进是非旋涡中。

十七年不涨工资了，如今要给三分之一的人涨工资，何人涨，何人不涨？人们的心揪着。

厂里做了决定，按出勤涨，如果三年内没一天病事假，并积极加班加点的人，这次首先考虑。

孔秀就属于这一种。别说三年，就是往前推五年、六年，孔秀也是全勤，甚至连休息日都包括在内。

外销疵布还没对孔秀的责任定性，她涨工资是个问号。

多亏定责任疵布的技术员是个公心至上者，他看着三箱满满的疵布，认为这疵布出得蹊跷，一米多就米粒大一个油点，这油点像是机油。车间哪有滴油点的机台呢？查查再说吧。

他一个机台一个机台地用尺子量布所经过的布轴和烘筒。

原来，这油点出在下个车间的工序上，根本就不是孔秀这个车间所出的事故。

拨开云雾见晴天，这个技术员救了孔秀。

但涨工资这样的好事，终究没落在孔秀头上。

丈夫杨津峡听说孔秀没涨上工资，气呼呼地喊道："不给你涨工资，你就和他们骂，和他们吵，和他们干架！不涨工资，你都不出声，活着还有什么劲儿！"

他发了一顿火说："行了吧，你别掉泪啦！快给我拿盆，我解手。"他一边解手，一边还叨叨孔秀的不是。

"在厂里准是干得不好，干得好了，人家能不给你涨工资？"

"我涨不涨工资，一家人的生活，还不是全靠我一个人的工资？你的工资呢？自打结婚起，你的生活费，你的儿女，你可一分钱没管过！""你连自己都要由我养活，你还冲我发什么火？我涨不涨工资，不都得养活你和孩子吗？"终于有一天，孔秀按捺不住自己的火气。

"我一个病人，你还和我顶嘴？你找打！"杨津峡病中本来没好气，正找发火的理由。于是，他又开始用床前的手杖，狠狠地打了孔秀几手杖。他这几手杖全打在孔秀的头上。孔秀的头上又立刻爆起了好几个紫包。

正赶上孔秀带来的女儿放学进家。杨津峡打孔秀的气还没出完，就对孩子大吼道："快给我熬药！"

孩子放下书包，就去找药壶。孔秀把中药倒在药壶里，把炉火通开，把药壶架在炉子上，让孩子蹲在火炉旁边用扇子一下一下地扇火熬药。

病人就是病人，怎么能和病人一般见识呢？孔秀从来没因杨津峡的坏脾气而停止照顾他，怎么说也算夫妻，孔秀时刻在安慰自己。

其实，杨津峡对自己不讲理的行为，也常常表示歉意。有几次，他在事后向孔秀说："多亏你这么照顾我，还亲自给我扎针灸治病，要换成别人，我早完了。"

杨津峡的领导来看望杨津峡时，也对孔秀说："要不是你这么照顾他，他早完了。"

邻居们也对孔秀说："你真不容易，一个女人带三个孩子和一个瘫子病号，还要上班。如今班上又那么累，你真是命苦。"

她不论多苦多累，受多少不公平，只要能听到一句公道话就满足了。

孔秀的女儿把熬好的药，端到杨津峡跟前。她放下时，碗一偏洒了些，杨津峡的火气又上来了。他用手杖又向女儿的头上敲起来。女儿抱着头从屋里哭着跑出来，扑向妈妈。妈妈一摸女儿的头，头上也起了好几个包，再看一只眼旁边还紫了一大块，她便抱着女儿哭起来。女儿问："妈妈，爸爸为什么不喜欢我，光打我啊？"

孔秀不敢告诉女儿，他是继父。她怕女儿和弟弟从小有隔阂，只说道："你爸他不喜欢女孩儿。"

有一次，杨津峡又打起女儿。孔秀等女儿上学走了以后对他说："你有病，我知道病人爱发无名火。你有火了，打我骂我都行。但绝不许再打我女儿！如果再打我女儿，我要和你离婚！"

"离婚就离婚，你让她走，我就打不着她了。"

"她才这么小，让她去哪儿？再说，她帮我照顾你，还照顾两个弟弟，离了她，不行！"

"不能离开她，就离开我！"

"她到底碍着你什么了，给你到药房抓药，回来又天天给你熬药。"

"我就是不能看她那双眼睛,那双眼睛不像你。"

吵归吵,闹归闹,打归打,日子也只能这么一天天过。

苦的、辣的、咸的、甜的、酸的,都是生活的一部分。

回忆的梦,也变成苦的、辣的、咸的、甜的、酸的,只是被时间的流水冲淡了。

十七

吱扭一声,门开了,丈夫李世光回来了。

他很讲究,每次玩麻将回来,第一件事就是洗手。麻将和钱连在一起,细菌密布。他进门先洗了手,再找些水果、牛奶什么的吃,最后到卫生间去一次,回头就进卧室睡觉。

孔秀听他进行着一件件的事,声音很小,她听得也很仔细。先前,每听见他开门的响动,她就提前把灯打开,使他不至于黑灯瞎火地再绊一下什么的。后来,她发现这一开灯,优点少,缺点多。一呢,他不好意思,觉得这么晚回来,生怕惊动人;二呢,洗手、吃东西、上卫生间,都好像在被人催着时间;三呢,灯一开,就要和人对话,双方都耽误睡觉。最主要的是,打麻将太晚了,半夜三更的,回来一进门,就被打开的灯一照,似乎被捉住什么见不得人的事似的。

孔秀躺着没动,她眯着眼看他,他轻轻开灯,脱了衣服,又关了灯,躺在她的身后,还没三分钟,他的鼾就打得山响。

他的觉来得很快,睡得也很沉,用他自己的话说,来辆火车他也听不见。

她和他开玩笑说:"来辆火车,把你抬上去,拉走千把里路,你也不会醒。"

他哈哈哈地笑得很开心,说:"上床就是睡觉时间,睡觉就是任务。"

"睡觉好就是福气，你真有福气。"她羡慕不已。

"你为什么睡不好啊，光瞎想。"他笑着说。

孔秀想起自己好像从小就是这样，一躺到床上，过去的事、眼下的事、要出现的事，全浮现在眼前，有时弄不清是不是梦。有时，她觉得似梦非梦地迷迷糊糊睡着了；有时她越想越精神，夜里睡不好，第二天头晕心慌。失眠可真不是滋味。

她想起第一个丈夫刘汉章也很爱睡觉。她星期六晚上回他家去，刚吃完饭拾掇好碗筷，他就开始一趟又一趟地催她快回屋睡觉。

当他急不可耐地发泄完欲望，累得满头大汗的时候，就一翻身，倒下就睡。那时，他睡得那个香劲儿，就别提了。

第二天，太阳只要在地平线上一露头，他叔他婶儿就高一声、低一声地在院里大声叫道："章——章——还不起来呀！章——章——还不起来呀！快起来吃饭呀！快起来吃饭呀！"

夏天太阳出得早，刘汉章的父母站在院里喊叫时，也就是刚刚五点多钟。

老人们在院里喊得四邻全听见了，她感到不是叫丈夫，而是冲着她叫的。她立刻感到脸红红的，无地自容，便急忙起床从屋里出来，到厨房里简单洗把脸，回自己屋梳梳头发，就进厨房从碗橱里拿碗盛饭。

她真不习惯这种喊叫。城市的生活，谁家都有闹钟，从没有见过有这么喊叫的。再说，平时城市人上班都是八点钟到。谁能这么早起？孔秀感到，好不容易熬到星期天，想多睡一会儿，却起得要比平时还要早好多。城市里的人，都知道星期天的早觉，那是一刻值千金哪！

她不知道农村里的人没有星期天。他们只有农忙农闲，农忙时，村里人习惯早睡早起。他们天一黑就关灯睡觉，鸡叫三遍他们就起床下地。村里人吃早饭时，那是他们已经从地里干了好一会儿活儿回来了。

刘汉章的父母喊叫儿子吃饭时，那就是他们已经从地里回来了，而且，他又做好了饭。他们看见儿子儿媳妇还没起床，自然有气。何况，孔秀是新媳妇，老人认为，正是婆家该给她定规矩的时候，老人们喊的声音里自然带着炸药的火星气息。他们认为，当媳妇的，平时又不回来，回来了还不早点儿起？哪能等老人做好饭了，还得喊你们起来吃饭？

城市里的人爱熬夜，城市里的人好多都是夜猫子。他们很多活儿白天上班没时间做，都是晚上赶出来。就是城市人下了班没事儿，也爱凑在一起聊天，一聊，就聊到半夜。城市里夜里十二点，大街上的商店里还是灯火通明，好不热闹。居民区里的电线杆底下，还常常围满下棋的人。

农村的女人很苦，她们下地时不能少，下地回来了，男人们集在一起拉闲话等着女人做好饭。女人们带着孩子干家务，她们一手抱孩子一手抱柴火生火做饭。谁家饭熟了，谁家的女人就到门口喊自家男人："饭熟啦，回来吃饭。"这家男人才告别话友，回来端碗就吃。男人中间盛饭时，都是女人给他们盛。吃完饭，男人就把碗一推，又蹲到一边抽烟去了。

农村里家务事啊，抱孩子啊，做饭啊，男人是一点儿不摸。这个风俗似乎已经传了很多年，土生土长的人们对这些已经司空见惯。

而孔秀却很不习惯，她是城市人的生活习惯。

她在城市长大，城市的男女都一样，家务谁有力量谁承担。城市里的家庭做饭、拾掇房间，几乎是分好工的。家里只有一个人时，无所谓；两人都在时，大多是一个在厨房忙活饭，一个在房间忙着收拾卫生。

孔秀对第一个丈夫刘汉章的农村家庭的基本生活习惯，开始就极不习惯，极不适应。但孔秀不敢把这些事情告诉父母，尤其是父亲。她怕他们为自己着急费心。

孔秀的父亲在铁路上当列车长，她的父亲常穿一身笔挺的蓝色铁路服，戴的蓝色大檐帽上的铁路徽章闪闪发光，胳膊上戴着的是枣红色毛呢子质地的袖章，袖章上面是用黄丝线绣上的"列车长"三个字。他的工作用鞋是一双黑色高勒牛皮鞋,他常年把那双高勒皮鞋擦得亮亮的。

父亲上班不论多威风,他都是一回家就立刻把家里衣服换上,再把围裙往腰里一扎,进厨房打点饭菜。

刘汉章虽在外读书多年,但从小生活在农村,也习惯了农村的种种习惯。

他什么家务也不做,也不会做,也不知道做。

他吃饱了就下地,他下地回来也和别的男人一样,在自家大门洞处冲着外面蹲着吸烟,等着家里人做好饭时叫他吃饭。

孔秀的婆婆对公公说:"咱们也沾沾儿媳妇的光,吃个现成饭。"婆婆一见孔秀带着孩子回家过周末,就在炕上把腿一盘,等着吃现成饭。

孔秀在市里用的是铁炉子和不锈钢锅。她到婆家一看就傻眼了,她就没见过那么高的大炉台和大铁锅。农村要抱柴火生火,那柴火多了光闷烟不起火,柴火少了一点就烧完。她抱一大抱儿麦秸,再抱一大抱儿棉花秸,用风箱拉火做饭。她顾了风箱就顾不了火,顾了火就顾不了那一口老大老大的铁锅。她顾了锅下的火,又顾不了锅上的饭。那时候,她常被浓烟熏得脸上黑一片、白一片的,眼泪被浓烟呛得直流。其实,这里面有她心里因抱屈而流下的泪水,反正都是泪水,全分不出来了。

后来,她有些习惯了,能用这些柴火烧大锅了。她的儿女又开始抱着她的腿缠她了。儿女要吃、要喝,她顾不上儿女,她要做全家人的饭。

全家人有二老、丈夫、两个孩子,还有大姑姐家四个孩子。星期天是人最多的一天,也是孔秀最忙的一天。

白天太忙了,孔秀夜里就睡不着觉。而刘汉章,不论什么时间,只要头往枕头上一挨,就睡得甜甜的。

孔秀常在夜里叨叨他:"白天的家务活儿,你什么也不干!这可好,睡觉你可积极哩,一挨枕头就睡得呼呼的。"

他哪儿听得见?再说,叫他干家务活儿,他对此就听不懂。他瞪着两个大白眼珠子愣怔怔地看着孔秀，好像在听天方夜谭。他不懂，男人还干什么家务？

她也不敢惊醒他，一惊醒他，他就来精神，半夜再加班，她身体受不了。

直到离婚，她和他，两个人就没吵过架。吵什么呢？她和他，想吵也吵不起来。他一见着她，就想上床。她呢，有苦也没法和他说。他不知道城市男人在家里是什么样。她告诉他，他根本听不懂。

七年的夫妻生活，刘汉章不会说温暖的话，也不会关怀人。他太小了，小得像一个含苞玉米核儿。他那大大的眼睛仁儿里，闪着亮，那是一种明显的不成熟的光。他那从未经过风雨的脸庞写满了孩子气。

他是一个纯粹的、没见过世面、不懂得人情世故的小孩儿。

新婚之夜，他连如何面对新娘都不知道。她脸红，躲着他；他脸红，也躲着她。

他们各自整衣裹被过了第一夜，又过了第二夜。

人的本能有时是一点就会。他说是有人给他指点了一下。他就开始一发不可收。

青春的活力，使他尝到了不能言表的快乐。

他只知其一，不知其二。他快乐之后，是女人一方的痛苦，只有女方一人承担的艰难困苦。

对她一次次的流产，他无动于衷。

婚后，她就从未感到过人性本能的快乐。她，只有一次次的惧怕，怕再怀孕、再流产。

一儿一女的生和养，只由她一人承担。她一人在厂单身宿舍里，用微薄的工资抚养着两个幼小生命。

儿子三岁了，仍是鼓鼓的大脑门儿，细细的脖子，胸脯上是一条条明显的肋骨。孩子太缺营养了。待到孔秀又怀上八个月的胎儿，孩子还自己不太会走路。当孔秀挺着大肚子来回上下班时，她总是肩上背着个大背包，怀里还歪抱着一个极缺营养的儿子。

路上不止一个熟人说："你这身子，还抱着孩子，快放下吧。这孩子都三岁了，叫他下来自己走吧。"

对此，她总是笑笑摇摇头说："这孩子是七个月落生的，太弱。他要是走路多了，会落下罗圈儿腿的。"

孩子也怕下来走路。他三岁了，能听懂人们说话的意思了。孩子不由得再紧紧地搂一下妈妈的脖子。

每天一下班，孔秀便急忙把孩子从托儿所接出来。那时，她每天下班要开一个小时会。她是会议记录员。她把孩子放在她的腿上，手里的笔在笔记本上急急地记录着。桌子高，孩子就在桌子底下，坐在她的怀里，听话地一声不响一动不动地听着大人们暴风骤雨般的发言。

孔秀为儿子生了个小妹妹，儿子同时也有了奶吃。孔秀奶小孩子时，两个孩子，是一个孩子吃一个奶。慢慢地，孔秀的大孩子走路扎实了，不腿软跌跟头了。她的儿子等到他的小妹妹三五个月时，有一次，他把妈妈的奶头儿狠狠一推说："妈妈，奶叫妹妹吃吧，我大了。姥姥说，哥哥大了，就不能和妹妹抢饭了。姥姥说给我蒸大米饭吃。"

那个夏天，格外热。妹妹躺在凉席上，穿着大红兜肚，胳膊和腿一扑棱一扑棱地玩。当哥哥的知道疼妹妹了，他在外面玩一会儿，就跑回家用扇子给妹妹扇两下。他人小，扇子大。他站在屋中间，两只小手抱着蒲扇的把儿，上下使劲地扇。他还对妈妈说："俺给妹妹赶蝇子。"他向外面催他出来玩耍的小伙伴说："别着急，给俺妹妹赶完蝇子，再和你们耍。"

孔秀生女儿前让儿子在刘汉章家住了两个月。于是，儿子便学会了农村话。

孔秀和刘汉章离婚时，两个孩子一个六岁一个三岁。那是在刚过完春节的日子里。她觉得，要再有孩子，她真会活不了了。她肾功三个加号，头发又黄又枯，一脸菜色，她只要离开他就行。两个孩子她都要，他同意了。但办手续时，他又提出要求——他要儿子。老人让他要儿子。那次，在军管会负责人的调解下，她没和他提任何条件，就办了离婚证书。

她去村里看过孩子。他说他要结婚了，以后不能再让她看孩子。

她让妹妹小君代替自己去看孩子。妹妹回来告诉姐姐说："孩子不受屈。我去时，孩子正在院里跟着奶奶玩。他家有老人在，他结了婚，孩子也不会受屈。"

妹妹让姐姐放心，最后还说："孩子跟他奶奶比跟你强多了。你身体不好，孩子还得自己过马路去买饭。马路上那么多汽车和自行车来来往往得那么快。一个孩子自己在马路上走来走去，怪怕人的。"

离了婚的人，却想起人的好处。

刘汉章的年岁，也是太小了，他还根本不懂得人情世故，但他后来也开始知道心疼人了。例如，后来那个阶段，他只要一见孔秀抱着一个孩子拉着一个孩子一步一步地在地上走，一走就是十多里路回到娘家，他便急忙推出自行车去送。有时，他也能把大人孩子一送就送到单位。他们到单位，那得走二十多里路。他的自行车上，前边横梁上坐一个孩子，后面车座上再带上妻子抱一个孩子。这二十多里路，风里雨里的，也不是容易的事。

离婚是刘汉章最初按照他母亲的话提出来的。他母亲认为孔秀说出离婚是气话，一提离婚，孔秀肯定就服软了。她俩孩子了，不好再嫁了。只要让儿子对他媳妇一提离婚，他媳妇便会辞了工作，回家照顾孩子，照顾丈夫，照顾老人了。

可是，当孔秀真要离婚时，刘汉章也曾表示不愿意离婚。他看见孔秀拉着一个孩子、抱着一个孩子向法院走时，刘汉章又心疼起大人孩子来。他急忙赶上去，驮着大人孩子进了法院。

法院军管会负责人问他："你同意离婚吗？"

他说："不同意。"

军管会的人看见他是驮着大人孩子进的院子，便说："你不同意，你怎么还驮着他们来？"

他眨巴眨巴单纯而可怜的眼睛说："是俺婶儿让俺和她离婚的。"

那天，他们办了离婚手续。孔秀拉着一个孩子抱着一个孩子，出了法院向单位走去。刘汉章此时已与她没了夫妻关系，但他又下意识地推着自行车赶上前说："来——你们坐上车子，我送你们去厂里吧。"

他还是车前梁上驮一个孩子，后面车座上再驮一个大人抱着一个孩子。

那时，刚过春节。风很硬，他没戴手套。他是两只手倒换着扶车把。一只手扶着车把时，另一只手插进腰里，好有个暖手的空当儿。

他把大人孩子送到厂宿舍。她同宿舍的女同事，见孔秀大人孩子全来了，就没言语，为他们腾了房子，自己找别的宿舍住去了。孔秀看天晚了，也忙备了晚饭。像平时一样，他们一家四口围着一个纸箱子，一起吃了饭。

这些年来，这个纸箱子，上面铺上一个三合板，就是他们吃饭的桌子。厂宿舍属于单身宿舍。住单身宿舍的人，什么都是凑合的，凑合着吃、凑合着用、凑合着活。当然，那也正是艰苦岁月的常态。

天黑透了，马路上来来往往的大小车辆，都是只凭着车前灯或手电筒照亮行走。她怕他回去的路上磕着碰着。他曾是自己的丈夫，又是儿女的父亲。她不忍心撵他冒黑回家，那是二十多里路呢。

她留他又过了一宿。

他们还像平时一样过了一宿。

他还是像平时一样如痴如醉，她也像平时一样，怕别人听见，忍着接受了他的一切要求。只是，这次她不生气了。她很平静。这也就是最后一次了，随他怎么着吧，这种实在不情愿的生活到头了。

好像白天什么事也没发生过。

早晨，还是她早早起来到食堂买了饭，还是一家四口，围在纸箱上一起吃了饭。

吃完饭,她从钱包里掏出五元钱,对他说:"这是你这个月的烟钱。"

他接过来,也理所当然地放在了上衣口袋里。

她该上班了。她还是像平时一样,吃完饭,拾掇好碗筷,给两个孩子洗洗手脸,穿好衣服。带着两个孩子去上班,临出门回头嘱咐:"章——你走时,把门锁好。"

这个家庭,就这样,从此一水分流,各奔东西。

十八

第二天,孔秀睡醒起来,头昏昏的,不知怎的,左胳膊有点儿麻。那种麻,只是隐隐约约的。她甩甩左胳膊,用右手在左肩部砸了砸。

该做早饭了,她洗洗手脸去做饭。

像平时一样,只要一有活儿,她就忘了自己的病。

对自己的病,她似乎不太当事儿。她小时对弟弟妹妹的病,以后她对自己孩子的病,可从来没有含糊过。

也许,小时她是照顾弟弟妹妹习惯了,知道孩子有病是最可怕的。那时,孔秀对弟弟妹妹谁是否病了,特别敏感。

爸爸自她一懂事便认真嘱咐过她:"秀,你领弟弟妹妹玩时,多注意他们,谁有点儿蔫,就先摸他们的脑门儿,再用脸试试他们的手心儿,看他们发烧不。你如果试试这两个地方都不发烧,就注意一下他们的大便,看拉肚子不。如果一切都没事,就问问他们哪儿不舒服,有病万万不可耽搁。"

孔秀的大弟弟四五岁时,有一次,在够着偷吃挂在墙上的红糖时,凳子倒了,他狠狠地摔在地上,头部被碰了好大一块血泡。大弟弟怕大人批评他随便拿糖吃,就害怕地嘱咐姐姐:"姐,你可千万别告诉妈。"

孔秀摸着弟弟的头,看看血淋淋的一大块儿,心疼地说:"这头要抹药才能好,不告诉妈行吗?"

弟弟说:"你别说我蹬凳子摔的,你就说我跑着玩摔倒了。"弟弟说完,可怜巴巴地等着孔秀回答。

孔秀难为情地说:"我就说我不知道怎么摔的,我只告诉妈你头破了,行吗?"

弟弟点点头。

妈妈一看弟弟的头,就慌了神,说:"快上药,快上药!"

孔秀说:"药在哪儿?"

孔秀的妈妈忙说:"抽屉里有药棉,有消炎粉,你先用酒擦擦。"那时,家里没有酒精,谁磕着碰着,都是用爸爸喝的白酒消毒。

孔秀的妈妈只要是见谁有了病,就先慌了神,这让孔秀印象很深。妈妈对孔秀说:"大人的病好支撑,孩子有病千万别耽搁。你原来有个哥,他一岁多时,就因为有病,被耽搁了。要不耽搁,最大的就不是你了。你若有个哥哥,你就不会是这样的巴结命了。"

有一次,孔秀的三弟刚会跑,他一不小心,摔在三尺多深的电线坑里。三弟是下午四点多摔的,半夜十二点时,他就发起高烧来。孔秀妈一摸孩子的头烫得厉害,就叫醒孔秀说:"秀,快起来!你三弟发高烧,我抱他去看病,你快起来把他们叫醒都撒个尿。"

孔秀妈慌神地开门冲进黑乎乎的夜幕里,抱着三弟走了。

第二天,三弟的烧就退了。

二弟的头发,也不知哪天,忽然掉了圆圆的一块儿,人们说,这叫鬼剃头。

孔秀妈一看就说:"这头发的病,不能耽误。秀,下午给老师请个假,别上学了,领你弟去铁路医院看病去吧。"

二弟的头发病,医生抹了两次药就好了。

可是孔秀妈自己,却从来不看病。她说,大人好调理,抵抗力强。

1957年春天，孔秀的妈妈病了。她是孩子太多，累病的；也是家庭的生活重担太重，压病的。同时，也是当时精神受了刺激导致的。

那时，孔秀的家已搬到石门子市，孔秀的爸在列车段当列车长，铁路宿舍离车站有十来里地。丈夫要早走晚回家，孔秀的妈妈一个人做家务太累了。孔秀和大弟原先能帮妈妈干点儿活儿，现在他们已上学读书。

孔秀妈真是太累了。七个孩子的衣食吃住，全靠妈妈一个人忙。况且，家里人多，生活困难，大人孩子的营养都跟不上。碰巧，邻居也有七个孩子，那一家七个孩子中，只有一个孩子是男孩儿，是个宝儿。这一家人怕儿子受屈，他们见孔秀的弟弟多，就全家抱团儿存心欺负孔秀的弟弟。孔秀妈心疼儿子，为此着急。事儿也赶巧，有一天夜里，后窗户上有个小偷，扒着窗户往里瞧。那天夜里月光很亮，外边看里面看不清，里边看外边却看得很清。孔秀妈半夜醒来，睁眼一看，后窗户上伸着个人头，心里一惊，大脑乱了。

孔秀一生都不会忘记，妈妈得病后，受的那份罪。

怕妻子光着身子往外跑，孔秀爸和几个人把她绑在床撑上，孔秀妈哀求丈夫："把我放了吧，我不往外跑了。"爸爸为难而心疼地摇摇头说："唉……不是一次了，你跑丢了，我上哪儿去找？"爸爸一边说一边眼泪簌簌地往下掉。

孔秀抱着两个月的小妹妹，跪在妈妈跟前，掉着泪求妈妈给妹妹喂奶，小妹妹饿得哇哇哭。

妈妈的双手被绑在后面，她清楚一会儿，糊涂一会儿。清楚时，她说："我的手背在后面，我怎么解怀？"

还没等丈夫给她解开绳子，她又说："我是从济南来这儿开会的，你让我给谁喂奶？"

孔秀一手抱着饿得直哭的妹妹，一手帮妈妈解开衣襟，让小妹妹用嘴吸吮妈妈的奶头儿。妈妈已经两天水米不进了，她哪有奶水。妈妈一会儿又清楚了，她哭了。她对孔秀说："秀——我的奶水干了。奶头儿痛得很，也没奶水，你给妹妹熬点儿小米粥吧，粥要熬长点儿时间。粥要熬好了，你要光盛汤别盛米，喂喂妹妹吧。"

孔秀抱好妹妹，又帮助妈妈系好衣襟上的扣。孔秀腿跪得时间长了，麻得还没站起来，妈妈的大脑又乱了，她说："你是谁？为什么离我这么近？快走开。"

医生来给孔秀的妈妈扎针灸了。她平躺在床上，手和脚分别绑在床撑上。

孔秀看医生用长长的针扎在妈妈身上。医生给妈妈扎一针，妈妈就惊叫一声。妈妈那惊叫的声音，很悲惨，引得四邻八舍都聚集着来看。孔秀抱着小妹妹，只怕把小妹妹惊着，她用手按着小妹妹的耳朵把她紧紧地抱在怀里。同时，她又心疼妈妈。于是，她就扑通一声跪在妈妈的面前心疼地说："妈——医生是给你治病哩。妈——你就让医生给你治治病吧。"孔秀一边哭一边哀求着。

后来，孔秀妈到娘家住了半年，病才好转。

孔秀永远也忘不了那细细的、闪光的银针。当时，她只是心疼妈妈，她不忍心让妈妈受那么大的罪。自打那次大夫用针灸治好了妈妈的病，孔秀就对针灸有了初步的认识。没料到，十几年后，她就是用这种银针，给第二个丈夫杨津峡开始治病。

细细的针，能治病，还能治很重的病。

杨津峡的腿病越来越重，不疼不痒，就是走不了路。

孔秀正怀着小儿子，一有时间就推着丈夫杨津峡到医院去看病。

西医检查不出什么病，就让转到中医。中医大夫让吃中药、扎针灸。

中药，得按药方把药味凑齐全。一个药方二三十味药，在那个年代，想凑齐全可太不容易了。有时，孔秀为抓全一服药，得跑好几家药房。

治疗杨津峡的腿病，光凭喝中药还不行，他需要隔一天扎一次针灸。

每天，孔秀在早晨八点下了夜班以后，或者，在她上中班以前，把五岁的女儿和两岁的儿子放在托儿所，挺着个大肚子，推着自行车，车后座上坐着杨津峡，跑到医院去扎针。

医院里很多是年轻医生或者来院不久的实习生，医院的针灸科也不例外。那些个实习生，笨拙地拿着那一个个细细的银针，就如拿着一个个大长烟杆。他们往病人身上扎了一次又一次，连扎几次也找不到准确穴位。

孔秀扶着杨津峡上楼下楼地找医生。她为他脱鞋脱袜，再托着两条腿让他躺到床上。他们好不容易能等到医生治疗。可没有临床经验的实习生们，连病人的穴位都找不到。

杨津峡自有病以来，脾气是不好。其实，那是让病折磨的他。但他对待病的毅力，让孔秀至今佩服。

实习生扎的穴位不对，病人肯定是很难受的。但孔秀陪他一起治了很多年的病，没见他喊叫过一声疼。

杨津峡也学过医，他曾在厂医务室工作过几年。他病了，医院的实习生们给他治病时，总是扎错穴位。每到那时，他就直喊："扎错了，扎错了。"有的见他懂医，就胆小了，不敢再动手扎了。遇到这种情况，杨津峡反而鼓励他们说："你大胆扎吧，找肉多的地方扎，你不敢动手，就永远成不了医生。我不怕针，你就拿我试验吧。"

为他治病的人，很受感动。

在他的启发下，孔秀想学针灸。她认为，自己学会了，为他治病时，就方便多了，省得自己怀孕好几个月了，挺着个大肚子，来回跑医院。

她找到杨津峡的医学书及针灸书，又买了一盒针灸针。

"你就在我身上扎吧，反正医院里也是实习生。"杨津峡劝孔秀说。

"我先在自己身上找准穴位吧。"孔秀先在自己身上，按按穴位，找到感觉，一次又一次地学习进针、拔针。她抓紧时间，钻研了好几本针灸书。

她终于自己学会了这种扎针灸的本事，这就方便多了。孔秀跪在床上，一会儿就给丈夫按穴位扎了二十多针，半小时后再爬到床上，把针一根一根地拔下来。

杨津峡感到腿好些了，但还是麻胀。他想上北京治疗，把心思告诉了孔秀。

那时北京各大医院，没有地方转院证明，是根本不接纳的。

孔秀托一个同学的舅姥爷从当地医院开了转院证明。

那时，他们的小儿子已一周岁多了。

孔秀把孩子放在奶奶家及朋友家，便搀着杨津峡进了北京。

孔秀搀着杨津峡连续到各大医院，认真检查了一个月，还是找不出病因。

也巧，杨津峡一个战友的朋友给指了一条路：找一位老医生去看看。

那位老医生当时已经八十多岁了，他已经好几年不给人看病了。好心的人告诉孔秀，先别带病人去，先一个人去，和医生说好再带病人去。

那位老先生，他家的四周钉着高高的木栅栏。孔秀先在墙外转了好几圈。大木门紧紧地关着，根本无法进去。

老医生早已不给别人看病，孔秀又与人家不认识，怎么也不能贸然去敲门。

孔秀在长长的木墙外转来转去，她发现木栅栏外有很多落下的树叶。她感觉自己应当帮忙打扫一下，看病不看病，是另外一码事。反正，自己在外边站着也是站着，不如扫扫。

从小，孔秀就是个找活儿干惯了的人，闲不住。她从小照顾弟弟妹妹，从二十岁又开始带自己的孩子。她先上学，后上班，学前学后，班前班后，她没有闲着待一会儿的习惯。

孔秀找来一把大扫帚就把房子四周扫得干干净净，扫完，拍拍身上的土，回到杨津峡住的旅馆。

为省钱，孔秀和杨津峡在北京住在大栅栏往里走的小胡同旅馆里。小旅馆有一间小角屋，不透阳光，收费很低。吃饭，他们就在一家小面馆里吃面条。一碗面条，一元五角钱。

第二天，孔秀又用大扫帚把房子四周扫得干干净净。

终于，医生的老伴儿从屋里出来了。她是在孔秀要走的时候，拉着孔秀的手说："你有什么事，快进屋说吧。"

孔秀一进屋，就看见有一大堆脏衣服放在大铁盆旁边。大铁盆里有水和搓板，盆旁边还有肥皂。她二话没说，坐下就哗啦哗啦地搓洗起衣服来。她把那一大堆衣服，洗得干干净净。她又一件件拧干晒在院里的绳子上。

衣服洗完了，孔秀把洗衣的盆、搓板以及肥皂、小板凳等分别放好，她又走进厨房，帮着医生的老伴儿洗鱼、择菜、倒炉灰，慌得医生的老伴儿两手握着孔秀的手说："闺女，你别干了，有什么事？你说吧。"

"我……我……我想让医生给我家孩子他爸看看病。我家里还有三个孩子，来一趟北京不容易，大医院进了好几家了，他们就是检查不出病来。"说完，孔秀难为情地低下了头。

眼泪在她的眼圈儿里打转。

"好好好，他不给谁看，也得给你看。你明天上午把病人领来吧，我让他给看。"医生的老伴儿是个善良的、有知识的女士。她握着孔秀的手很紧，很温暖。她还嘱咐孔秀说："你今天务必什么也不要再干了，你明天上午来吧。"

孔秀听说老医生可以给杨津峡看病了，她高兴得三步并作两步，离开了那座能救丈夫命的木栅栏房。

第二天，白胡子的老医生给杨津峡看过病后，给他开了一个药方，说："你吃完这三服药看看，如果两条腿出汗了，就别来了。再接着吃十服二十服。如果这服药吃完，腿不出汗，你再来，我再给你看看。"

老医生的老伴儿指着孔秀说："你再给她看看吧，看她面黄肌瘦的，伺候病人比病人还累。她仨孩子还在家呢，来一趟北京不容易。"

老医生给孔秀号号脉对她说："他是外病，你是内病。内病比外病还厉害，是心脑血管病。你千万要注意身体，别太劳累了。"

心脑血管病？这是孔秀第一次听说这个名词。她也很快就忘了自己这种病的名字。杨津峡的腿一瘸一拐，快瘫了。他是孩子的爸爸，为孩子不失去爸爸，她要尽最大的力量为他治病。

有药了，在哪儿熬呢？

真感谢北京的旅馆。当旅馆的负责人听孔秀述说了自己和丈夫的经历，提出在旅馆熬药，请旅馆配合时，孔秀真没想到，旅馆的负责人竟答应得那么痛快。旅馆的负责人对一个服务员说："你告诉烧锅炉的师傅，让他用铁锹把锅炉的红火煤块儿铲出一锹，让这位女同志为病人熬药吧。"

药味飘满旅馆，服务员没一个反对的，他们说："你们出门在外不容易，给病人治病要紧。"在旅馆住着的旅客问清原因后也说："这旅馆不错，还让客人熬药，以后还来这个旅馆住。"

孔秀本不好意思，药味那么熏人，没料到，大家的心都那么好。

杨津峡治病的毅力，真让人佩服。药不论多苦，他都咕咚、咕咚地喝下去，一天一服，一服喝两次。这服药开得对症，就是治老寒腿的。杨津峡好几年腿不出汗，这三服药，杨津峡的腿就出汗了。

这药方，是个宝，孔秀又连抓了好几年。

颈椎狭窄，也是致使杨津峡腿有病的一个原因。两年后，杨津峡又去北京才查出来，然后动了一次手术。

孔秀对杨津峡的日常治疗，除了每天熬两次中药以外，再就是针灸。

孔秀每天给杨津峡扎一次针灸，今天腹部及腿阳面，明天背部及腿阴面。

她为他还加了热水袋敷局部及全身按摩。开始,她为他能得到按摩,曾跑到二十里地外请过医生,让医生在家住了半个月。她一边看着师傅给杨津峡按摩,一边认真地向师傅请教按摩技术。

按摩师傅走了以后,孔秀就接着为杨津峡按摩。

一次,孔秀正给杨津峡针灸,厂里一位领导来了。这位领导也是邻居,见孔秀正跪在床上给丈夫扎针灸,很吃惊,就到厂里和别人说了这事。也算碰巧了,厂里正要各车间抽一名赤脚医生外出培训半年,孔秀就参加了培训班。

因为在给杨津峡针灸前,孔秀曾翻看了不少医学书。她尤其对中药哪味药治什么病,都牢记于心。杨津峡吃的药,都治什么病,她更是一清二楚。她对人体学的书感兴趣,人体穴位经络走向,孔秀更是下了功夫揣摩研究。

在赤脚医生培训班,孔秀可谓是用心至极。六个月下来,她就能开简单的处方,拥有了处方权,人们长蛇似的排队,让她诊治各种病。她的针灸水平,更令不少同事佩服。

有个耳聋十几年的同事,让她针灸了几次,耳朵就能听见声音了。这个病人成了孔秀的宣传员。有个晕倒的病人,家属到孔秀家请她去治,她几针就把人救过来了。人们说她对病人重视,心地善良,不像医院的医生凭着听诊器,有架子。四邻们有个小病什么的,都去找孔秀。孔秀上班,也把药箱子放在身旁,工作之余给人治病。

厂医院想要调孔秀进医院针灸科。车间不同意,说:"她走了,外销车谁挡?"

十九

正在这节骨眼儿上,唐山地震了。

一个个被灰土埋过的伤病号，住满了市里大大小小的医院，也包括各厂、矿的医院。

孔秀跟着厂医院医生，用清水和酒精给被埋过的病人擦洗身体。他们是从外地用飞机运来的。他们中有重伤、有轻伤、有内伤、有外伤；有男、有女、有老、有少。孔秀负责其中一间病房十二个伤病员的治疗和护理。

时至盛夏，烈日炎炎。唐山地震余波也波及了这里。不少人一下班就急匆匆地往家里奔，每家每户都搭起了防地震的小棚子。

厂里办公室都搬到工棚内办公了。

车间的工人已经演习过多次，若地震了，一要先关煤气，二要记着关蒸汽，三要务必关电闸，四要随手关水源。每个人都有分工。对工人们有严格要求，一定要将各种阀门关好了，再按顺序向工房外撤离。撤离路线上的各种障碍已经清除。平时不开的门窗，也纷纷打开，以防万一。班后洗澡时，人们不敢像平时那样慢条斯理地搓呀、洗呀，而是突出一个"快"字。女浴室外屋就是嚓嚓嚓的脱衣脱鞋、穿衣穿鞋声，里屋就是哗哗哗的水冲洗的声音。下班时间，是洗浴室最拥挤的时刻，却听不见什么说话声。偶尔有人说一句话："快洗吧，这地方，可不能长待。"更有人干脆穿着内衣站在水龙头下冲洗，若有地震，不至于光身子往外跑。

孔秀家的防震棚，一个单人床上五根竹竿搭成一个长三角形，上面搭上白塑料布。一张单人床平时只是杨津峡一个人用，如今，杨津峡清楚此时艰难，他主动收缩了自己的身体，往床边挤挤，三尺宽他用一尺五，剩下的一尺五宽、两米长就由孔秀和三个孩子使用。白天，棚上搭条床单遮太阳，晚上，床单拿下来盖一家人。

杨津峡病的时间长了，孔秀已经习惯了家中的活儿都自己干。她自己修房门，钉板凳，做铁皮炉子，盖小厨房。

她自己本是纺织印染厂的女工，在正常工作中，先是一个人要干两人的工作量。后来，班上由于男挡车工少，她就被提成挡车工。她干的活儿，是绝对的男人的工作量。

她每天的时间是按分秒计算的，平时走路，她只有小跑、大跑之分。

晚上，她把防震棚里的杨津峡和三个孩子安置好，就急匆匆地向那安置有十二个唐山病号的防震棚跑去。

公共汽车一站地的路程，她几分钟就跑到了。那里的病号见她来了，就高兴了。他们不知道她叫什么，只知道她一来，他们床下的一个个便盆便干净了，洗脸盆里会很快有热敷伤口的中药泡水。她会一个个地为他们用中药泡水洗脸、洗伤口、洗脚，再一个个地为他们针灸、按摩。

有个四十多岁的女病号，六七天解不出大便。孔秀就让病人坐起来，她给她按背、捶腰，再让病人躺下，揉腹部，反复几次以后，再给病人用润肠药。病人下不了地，她就让病人的腿从床上伸到她的怀里，便盆在地上接着，孔秀就给她揉肚子。她为病人揉肚子时，先由轻到重，再由重至轻，这个病人终于把大便解出来了。女病人流着泪握着孔秀的手说："你可救了我了，你真是个好人。"

有病人向有关领导反映：孔秀是哪儿有脏活儿、累活儿，就向哪儿走的人。不像有的人，看见便盆就躲。于是，厂里的广播室开始广播孔秀的事迹。

孔秀的医疗技术也大有长进了，她对针灸、中药、西药，都有了一定的了解。为病人打针时，她的手也很利索了。厂医院给了她处方权，并允许她给病人开药方、取药。正式医生倒不过班时，她负责的这十二个唐山病号的帐篷，医生、护理就成了她一个人。

家里是个小帐篷，厂里是个大帐篷。她是两个帐篷的救星，她一天多少趟地往返于这两个帐篷之间。

她不知道苦，也不知道累。每次从家里出来，她手里都拿着一个玉米面饼子和一块白萝卜咸菜。她一边小跑一边吃，半路上遇到水管用手捧着接几口水喝。

夜里十二点了，在大帐篷照顾的病人都安睡以后她才走出来。她直直腰，小跑回到家。她一到小帐篷，就先把三个孩子叫醒撒尿，再把杨津峡身旁的便盆倒净、涮净。她干完这些活儿，已经是后半夜两点以后了，她便倚着帐篷打一会儿盹儿。清晨四点半天一蒙蒙亮，她就起来蒸饼子做饭，洗衣服，干种种家务。

她不觉得苦，不觉得累。她已经起早摸黑干活儿干惯了。

小时候，她除了干家务、上学以外，还要拾煤渣儿。她家里人口多，生活困难。家里没钱买煤，就是买了煤，也不够烧。她需要提着小篮子到铁道旁，拾煤渣儿。火车呼呼吐着白气开走了，她就顾不得刚落下的煤渣儿火烫火烫，使劲地用铁筢子把没烧透的煤渣儿扒到自己跟前，用手拾进小篮里。她若是动作慢了，别的孩子就把煤渣儿拾走了。如果自己拾不到煤渣儿，自己家用什么做饭呢？那时，她在铁道旁拾过煤渣儿，她在马路旁也拾过垫马路的煤渣儿。

小时候，她还常常挖野菜供全家吃。她从春天麦苗一发绿，就开始提着小竹篮儿挖野菜，一直挖到深秋、地里一片冬景时。那时，每天下学一到家，她先看看有没有晚上做饭用的煤，如果有，她就提上篮子去挖野菜，像苦菜、苋苋菜、猪毛菜、大叶菜等。每年收刨山药的时候，她就扛把铁锹，拿个面口袋去拾山药。主家挖过了的地，她再挖一遍，总有一些收获的。

地震棚忽然不能用了，那是一场暴风雨的袭击造成的。那次暴风雨来得突然又凶猛，是半夜两点左右。孔秀从厂医院回来，忙完家务，刚刚倚在床头上迷迷糊糊地进入梦中。先是一阵狂风，没刮几下，孔秀家的防震棚便被风扯破了。那个白塑料布飞走了一半，另一半白塑料布在半空中呼啦呼啦地响。不远处的一个防震棚大概也出故障了，有一个男人的声音在喊："呀——咋这大的风，快起来吧。"天上的雷开始炸响。耀眼的闪电,似乎要把整个宇宙照个透顶儿。有一道火龙似的闪电过后,哗啦啦的大雨点子夹杂着小雹子,无情地倾泻而下。人们纷纷头顶被单、雨具,舍下破烂不堪的防震棚,逃命似的奔向自己的家。这是一片平房,由于人多房少,厂里把每间十八平方米的屋都从中间隔开,一家占半间。半间外面有一米宽的前檐,人们都扩大盖起来当外间屋,或当厨房或住人。

被狂风暴雨搅起来的人们,正不顾一切地往自家跑。不知是谁喊了声:"地震前就爱刮大风、下大雨。"于是,人们又从家往防震棚跑。

孔秀家的防震棚早没顶了,大雨哗哗下,雷声隆隆响,电光闪得人刺眼。杨津峡病着,他不能动,被褥早被雨水浇湿了。三个孩子在床上挤成一团儿,闭着眼,各自捂着自己的耳朵。地上的水有一尺多深了,雨水还在叭叭地往各处抽打。全家只有孔秀一个人能行动。冒着狂风暴雨,她背一个孩子往家跑,又背一个孩子往家跑,她把三个孩子一个个送到家里。然后,她急步来到杨津峡跟前,杨津峡已用塑料布把自己裹得严严的。孔秀试了试杨津峡的重量,她实在背不动,她忙去推自行车,把杨津峡运送到屋里。孔秀不知多少趟用这辆自行车推着杨津峡去医院治病,杨津峡是坐熟了的,孔秀是推惯了的。

孔秀又分几次把防震棚里的东西全抱回家。她身上没雨披,也没顾上用什么雨具。她头发上的水、衣服上的水,早和汗水合在一起,像刚从河里爬出来的一样。

屋里其实也早进了水,有膝盖那么深。屋角有个衣服柜,才二尺多高,大概里边早浸透了水。门后有一百多斤蜂窝煤,被大水一冲,全变成黑泥,煤的黑水把一间九平方米的屋子变成黑的河穴。大人孩子的鞋在水面上漂,孩子平时玩的小皮球,咕噜噜地在水面上转。外面大雨还在不停地下。孔秀把病人和孩子们安顿好,又急忙通开炉子烧了一锅姜水。虽然没糖,但姜水也能驱寒。孩子们都喊:"水太辣。"孔秀劝解说:"水辣也要强喝。不喝,明天就会发烧的。"

杨津峡知道自己的病，寒腿着凉准要加重病情。他不但自己喝，还帮着孔秀劝说孩子们喝。两个小弟弟习惯了看姐姐的表现，姐姐也习惯了做榜样带头。如今，当两个弟弟看着姐姐咬着牙把半碗姜水喝下去了，也就不言不语地各自喝下自己的一份。

"你们睡吧，我得到厂医院看看唐山病号。"孔秀对杨津峡说。

"那你也喝点儿姜汤再去吧。"杨津峡知道孔秀想办的事他是拦不住的。再说，这么大的雨，唐山病号说不定真需要人呢。

孔秀见杨津峡坚持让自己喝姜汤，心里一阵温热。

她想起，杨津峡在没病前，也是很体谅人的。

想当初他曾见孔秀做被子，就拿起针也做。他还乐滋滋地说："别看我是男的，针线活儿难不住我。我爹是裁缝，打小我就帮他锁扣眼，锁得快着呢。进部队以后，自己的被子自己做，他们不少人连针都不会使，我一个小时就把被子做好了。"

他还在部队当过两年炊事员。炒菜、做面条、蒸馒头，他都是行家里手。而且，做饭前他会统计一下各人用量，做得不多也不少，从来不剩饭。他自视这点比孔秀强，常美滋滋地夸自己。

1971年元旦，孔秀挺着大肚子拉着女儿，第一次跟着杨津峡进婆家过节。

该吃饭了，杨津峡让孔秀和女儿一块儿往炕里边坐。他说："你身子重，你俩进炕里边坐，我去给咱们炒菜去。"说完，到外间去忙活了。

"她是带孩子进的咱家，凭什么你做饭，让她在炕上坐着，不行不行。"婆婆和小姑子在埋怨杨津峡。

"她马上要生小孩儿了。"这是杨津峡为孔秀说话。

"不行不行不行，以后不许你这样。生小孩儿又不是头一胎，她凭什么歇着让你干？"婆婆和小姑子是心疼自己的亲人。但并没料到，她们这样，将破坏杨津峡一生的幸福。

孔秀带孩子是婚前讲好的，孔秀和杨津峡的结合，本来是美好的，他俩相处的关系融洽。但是，就从这次开始，杨津峡明显开始端起来了，他连自己的生活费都不交了，他在按照家人的嘱咐去办。

孔秀为他生了两个儿子。她在医院生第一个儿子时，杨津峡一次去带队拉练，走了两个月；生第二个儿子时，出差走了一个多月。当孔秀埋怨他时，他说："你又不是第一次生孩子，不用别人伺候你，也能行。"

孔秀是能行。

生第一个儿子时，她是大着肚子自己走进的医院。她把女儿安排在妹妹那里，她出院时，是自己抱着孩子走回家的。她生小儿子时，是邻居们合伙用小拉车把她和孩子从医院接回来的。

邻居们对此很气愤。大家看不惯杨津峡的做法，说："这个杨津峡，也太狠心了，没了人性，大人孩子出院都不接。"

孔秀的本性是善良的，她不爱计较别人对自己的好坏，总爱想别人的好处。她认为人总是有优点的。多想别人的好处，就不会生气。

地震棚被暴风雨吹散的那天夜里，当孔秀赶到厂医院看望唐山病号时，那一个个厂医院的防震棚，全泡在一片汪洋之中。

唐山病号很可怜，他们的帐篷全被雨水淹了。不过还好，他们都在床上躺着、坐着，水只淹没到床脚处。不光孔秀冒雨顶着一块塑料布来医院了，医生及护理人员大多冒着倾盆大雨赶来了。孔秀忙和医务人员一起帮病号搬家，在两个多小时的时间里，全部搬进了宿舍楼。

有人说，人的命天注定，也许这有一定道理。

按说凭孔秀当时的针灸医术，在厂里已小有名气，可厂医院领导调了她几次，就没调出她来，原因是："她在车间负责外销机台，她走了，谁顶着？"有领导不放手。

孔秀还在车间干挡车工。

后来,"四人帮"倒台时,她作为石门子市赤脚医生的代表,被选派到市观礼台座位上,看礼花燃放的壮观场面。

二十

孔秀的胳膊有点儿麻木,这种麻木丝丝微微地牵连到左半身,她感到这大概是心脏的毛病。她若是不赶快到医院检查一下,或许会惹麻烦的。

孔秀向李世光提出自己想到医院检查一下身体。

李世光一听孔秀想到医院检查,立刻陪孔秀打出租车到医院。

医生检查后,马上给孔秀打上吊针,并让她住院做全面检查。

孔秀是新闻单位的记者、编辑,这个职业处处受到尊重,医院的医生护士也对孔秀多有关照,孔秀对此非常感激。

孔秀从一名普普通通的工人,如今成为一名记者、编辑,省作家协会会员,市作家协会理事,她走了常人难以想象的艰苦历程。

想当年,她的人生似乎到了绝境。

山重水复疑无路,柳暗花明又一村。

还是20世纪70年代后期的事儿,人们的生活条件有所改善。但孔秀的日子,却更难度过了。

或许,孔秀的日子之所以难过,是因为孔秀的自尊心太强。

孔秀的家庭正面临又一次危机。

确切地说,她的自尊心太强,是从小在家庭里养成的。

孔秀在家庭里,从小照顾爸爸妈妈,照顾弟弟妹妹,于是,人们都夸奖她是个小大人。

上学以后,她带着弟弟妹妹上学,下学时带着弟弟妹妹回家。她坐在课堂上听课,弟弟妹妹在学校操场上玩。小小的孔秀上学时,她的心也只能分一半在学习上。她家的生活水平低，常常是补丁褂、补丁裤，但她的学习很好，几乎每门功课都是满分。

她上小学一年级时就任班长，她每天早晨站在长长的队伍前喊队。五年级时，她是学校一千七百多名少先队员的大队长。每到星期五过少先队大队日时，她站在全学校少先队大队旗前的高台阶上，带头高举右手，对着鲜艳的火炬旗，郑重地喊一声"敬礼"，全校一千七百多名少先队员们的右手唰的一声，高举过头顶，向火炬旗行队礼。小孔秀再庄严地喊一声"礼毕"，一千七百多名少先队员的手又唰的一声落下来。然后，全校师生静心听她宣布本次队日安排。

那时，小小的孔秀，还是石门子市小学学生会副主席。

多少次，她在学校和市几十个小学校联合召开的各种会议上讲话，讲得干巴脆。当然，那是指导员提前定的内容，她只是综合归类排列出来，再用诗歌形式宣读公布而已。

那时的小孔秀，她曾多少次代表全市少先队员，为很多次大型会议诵贺词。尤其在1958年石门子市召开隆重的"大炼钢铁青年突击手表彰大会"上，当她代表全市少先队员诵贺词时，全场人几次起立热烈鼓掌表示赞扬。她诵完贺词往台下走，掌声还在一阵接一阵。主持会的青年团书记追下台向她要讲话底稿，说要上报纸，对此，小小的孔秀摇了摇头。

她不知道什么是底稿，她作文、作诗，给大会诵贺词，从没打过什么底稿。像这样的会议致辞，她来时，也是老师把她从正上课的课堂上叫出来，坐到吉普车上，行驶在路上时，接她的人才告诉她大会的内容，让她准备一下。她从会议讲台上下来，要马上乘吉普车回学校课堂继续听课。

人，从小享受太多荣誉，未必是好事。孔秀就吃这个亏。

家里，有什么事情，父母首先听孔秀的意见。学校里，老师和同学也非常重视她，把她看成学生代表。老师研究学生的事情时，特别注意参考学生代表——小孔秀的意见。

鲜花、掌声、荣誉、赞扬，从小陪伴着她，使她感到，她自己似乎是个没缺点的人。

其实，谁没缺点？她的缺点就是死要面子。

以后，在漫长的生活中，孔秀形成了这么一种性格，她受了什么委屈，从不爱向别人说。一句话概括就是，她没有向别人诉说工作和家务事的习惯，也没有在家务事方面向别人求教和跟别人商量的意识。

其实，世界上处处有知识和道理。书里书外，事事皆学问。孔秀对这些，不懂，不明白，也可以说她不清楚。

自尊心太强，自以为是，这就是孔秀致命的弱点。当身处逆境时，她成了个咬碎牙光会往肚里咽，只会深夜用被角暗暗擦泪水，白天又装作什么也没有发生过的女人。

她看的书很多，但她那时看的书，都是政治类的书，对如何处理家务事的书刊，她看得却很少。

一结婚，她的弱点便明显地暴露出来了。她不懂如何与人相处，别小看那个家庭，有丈夫、公公、婆婆、大姑姐、姐夫及他们的孩子，十来口人的小圈儿之地，却大有学问。

孔秀就困在这里，她就像被人捆上了手脚的猴子，想抖开绳子松口气，都无能为力。

她曾找过涉及这方面知识的书籍，转遍庞大的书店都没有找到。

那时期，所有公开出版的书刊里，谁都难以找到处理家庭成员之间关系的有关内容。

婆家不会捧她，在婆家，她只是个普通人家的儿媳妇。

慢慢地，她灵巧的小嘴儿变得木讷了。她成了个只会闷头干活儿，不会处理婆媳关系，不会处理与婆家人关系的女人。

关系学其实是相当重要的，那时人们不懂，孔秀更不懂。

论这门学问，孔秀简直是个书呆子。她等于吃了一辈子这个亏。

孔秀和第一个丈夫刘汉章的关系，最后走向了陌路。他们没吵嚷过，最后却分道扬镳了。

刘汉章有责任，毛病也是不懂关系学。他根本一点儿不懂得调解母亲和儿媳、自己和妻子的关系。他与孔秀同样犯有这个错误，比孔秀还糟糕。当婚姻已经破裂时，他还努努厚嘴唇，懵懂地瞪着两只大眼睛，毫不关切地、与己无关地看着妻子流着眼泪，抱着女儿、拉着儿子走出家门。

他太年轻了，又是娇生惯养长大的独苗。他有什么事儿，还在依赖着父母的决定。

七年的婚姻里，孔秀只知道回婆家后就做饭、洗衣服，帮着家里干农活儿。

农村里铡麦秸梗，刨山药，摘棉花……她什么农活儿也干。她虽然是市里长大的女孩子，以前从没干过农活儿，但她努力学习后，照样干得很好。

她只一味认为干活儿多了就是好，婆婆就会高兴，于是，她就知道一个劲儿地干活儿。

她和刘汉章生活七年，没和刘汉章的父母亲、姐姐等亲人交过心。他们长时间形成一些误会，一没人出面向对方问个清楚明白，二没有争取过共同解决的办法，三没有互相达成谅解。

她不懂得如何利用思想沟通来成就自己的家庭。于是，多少年以后，孔秀自己感觉，失去这个家庭，她有一定的责任，这个事也影响了她的一生。

人生一辈子，其实就像大瀑布中的水流，千姿百态。大瀑布中条条水流不一样，有勇猛直下的，有柔弱弯曲的，有支岔分流的，有整股整流的，有倾斜喷发的，有堵塞绕滴的……总而言之一句话，水是从山上哗哗地往下流注的，同来在源头，共汇在一处。

孔秀前半生其实属于堵塞绕滴的一类。

堵塞绕滴，这是怎样可怕的字眼。堵塞绕滴的生活中，人往往先是经过自残、自伤、自灭的磨炼后，实在无路可走时，眼前又磕撞出了新的路径。

孔秀过去的一个熟人，就走上了一条这样的道路。她没有磕撞出新路，走上了死路。

她叫王风灵，平时不爱讲话。她爱人长得黑巴巴的，一双亮亮的眼睛会说话，特别爱开玩笑，和谁都能聊到一块儿。

"上班啦？"上班时，她勉强地向同事打招呼。但除这句话外，她恐怕一个班八小时内就不再主动说第二句话。

她长得很白，脸皮白得连细小的血管都能透出亮来。她笑得很甜。眼睛、鼻子和朴实的嘴，都同时涌现出她对人的实诚。

王风灵三十七八岁年纪，她的丈夫和她同在一个工厂，而且是一个车间、一个班次。她是码布匹的工人，专门负责整理验好了的布匹。她丈夫是检验工，专验布的质量好坏。

按说，夫妻俩上班一块儿进厂，下班一块儿回家，上三班倒也不会相互影响。他们的两个男孩儿，一个上高中，一个技校刚毕业，正是家庭的幸福阶段。

可突然有一天传出消息，王风灵上完后夜班，天刚亮时走出厂，在离厂不远的一个公园里跳湖自杀了。

上班的人听说了，炸了窝。

"刚刚还在这儿干活儿，啥时出去的？没见她说什么呀！"和她一起干活儿的女工摇摇头说。

"我看见她出去了。王风灵还告诉我说：'出厂一下，一下就来。'我还以为她出去买早点什么的，就没细问。咋知道她是干这事儿呢？要知道，我咋也不会叫她走啊。这人哪样都好，就是有话不爱说出来，在心里憋着。唉——可怜哪，才三十几岁呀。真是的，孩子们还没成家哩。也不知道是啥事情叫她想不开,走了这条绝路。"女组长懊悔地说。

"那你们仔细想一想,在班上还发现她有什么特别的地方?"班领导发动大家仔细回想。

一个男工说:"准是她男人的事。她男人……"这人说话声音不大,但大家都听见了,几十人的会堂里,立刻鸦雀无声。

有两个班领导从办公室里走出来。他们说,据了解,王风灵自杀是因为怀疑男的有外遇。

人们相互猜疑起来。这是谁呢?

有人揭发:"肯定是男女方面的卑鄙事儿!问她丈夫吧!"

一个男工跳出来说:"她男人整天和女人咬耳垂!谁受得了?"

"她男人可不是乱七八糟的人哩,咬耳垂这现象,要说有不?有!还是常事,他抓住漏验疵布,碍面子不直说,便用那法子给人提醒!他那是不愿意得罪人哩。"不少女工辩解。

"就说今天!……在今天这个班上吧,他咬耳垂都说啥啦?这可是人命关天的事儿!说说!说清楚!"有个领导斩钉截铁地说。

一个花白头发的女工突然向前一站说:"他咬俺耳垂狠狠地说:'你心思都放到哪个男人身上去了?出了那么多疵布。'"

会场乱了,好一会儿人们捂着嘴笑。

有个班领导是个爱瞪牛眼的老师傅,他等大伙儿笑完,把工作帽往凳上一摔,说:"在班上死了人,说不清楚,谁也别想走!"

"是为码布不齐整,车间批评她的事吧?"有人又提出新线索。

"不准是吧。那事过了好几天啦。不过,她见了车间领导,还是有些别扭,倒是真的。"

"也许是他两口子吵架,头天晚上又和儿子吵了一架,女的脸皮薄,吃不住劲儿呗。"女邻居作为知情者发了言。

"她儿子咋训的?咋就叫她吃不住劲儿,去寻短见哩?"人们关切地

— 120 —

纷纷询问。

"其实，俩儿子也没说啥，都是现今的平常话。昨晚上，她两口子，不知为啥吵了两句嘴。孩子们嚷了几句，谁知，今儿早就发生这事儿哩。"邻居在一旁解释。

"早晨六点去跳湖，天还没亮呢。这死，也太简单啦。这哪件事也够不上去死哩！日子过不好就离婚呗。"一个男工说。

"是啊，你看她男人和孩子，哭得多伤心哩！谁听了，谁心里也难受着哩。"

"是啊！不能过就离婚呗，咋也不能死啊！好死不如赖活着！"有人附和地说。

但明智人很快接茬儿说："哼——人死了是可惜。可人要是没死，离了婚，恐怕人们就不这样说了。"

听到这儿，谁也不言声了。

性格孤僻抑郁的她——王凤灵，才三十几岁，就选择了死。日常，她总感到自己是个不幸的人。她不愿意看到自己的丈夫和别人亲热，但又怕别人说她小心眼儿、爱吃醋，怕面子上过不去，怕惹别人笑话。因此，她不敢将自己的情绪向外界发泄，更不敢甩开面子和丈夫大闹一顿。当她工作中出了疵布，领导在班会上批评她时，她又开始在内心深处，不止一次严厉地责备自己怎么就不认真把好质量关，给国家造成这么大损失！多少天，她恐惧地低着头上下班，不敢直眼看领导一下。那些天，她感到心里憋闷得难以忍耐，就索性和丈夫翻过几次脸。但丈夫说得头头是道，驳得她哑口无言。她表面认可，其实心里产生了一种严重的自卑感：自己的嘴，怎么就说不清？多少年来，她一门心思地爱着自己的孩子。她的两个儿子常常像钩子似的牵动着她的一举一动。可如今，儿子们站到了她的头上面，并居高临下地冲她嚷。她认为，自己像是被儿子在脸上狠狠扇了一巴掌，她彻底对人生没了兴趣。

其实，这些事就是堆在了一起，能算成什么事情？可对她来说，挫折的分量一下扩大无数倍。她看什么都没兴趣，家里、外面、大人、孩子都在和她过不去。她生活中没有朋友，没有社交，没有追求，没有依赖，她整天处在孤独烦恼、郁郁寡欢之中，就感到艰难。这每一件事，在别人看来，或许腻歪几天，叨叨几日，也就过去了；可她就是颓丧、悲伤、绝望。

大水汹涌澎湃时，会冲破狭窄的堤坝泛滥成灾。火山爆发时，田园风光城乡建筑将毁于一旦。人，何尝不是这样？

有一种人，遇到困难时，咬咬牙挺过来了，挺过困难以后，他反而认为自己那时是在经受严峻的考验。遗憾的是，王风灵却在艰难面前，选择了轻生。

二十一

孔秀由于婚姻的弯路，"带孩子嫁人"这句话留在了一些人的口头上，尤其留在病床上的丈夫杨津峡的口头上。

她本来是通过正式手续离的婚。可在那个年代，又在那些知识缺乏的工人群体中，人们就像对一个未婚先育的女人那样对待她。她深深感受到了这种不公正的打击。

一个女人不愿意忍受凑合的婚姻，就该遭受语言的迫害吗？

她把苦不堪言的经历变成一种难得的宝贵磨炼，将自己的感受融进了自己的文学作品中。于是，她在某杂志上发表了小说《让》，借小说主人公于丹的遭遇，道出了被扭曲的观念。

只是，当时的孔秀还远没有那么坚强。

有一次，好像是在晚上，每家的小喇叭里正播出热烈庆祝《一厂变三厂》的欢庆节目，节目结束后还郑重宣读了市委的贺信喜报。杨津峡趴在床上，手腕支着头，看着此时正坐在床头给孩子补衣服的孔秀赞扬地说：

"你们厂真行！一个厂的设备，还能干出三个厂的产品。"她淡淡一笑没言声。

那时节，她的头发没一点儿光泽，那是一个人营养不良，再加上过度劳累造成的。

已是晚上九点多了，外面早已漆黑一片。

一排排小平房里，住着几千职工家属。那时没有电视，没有冰箱，没有电扇，没有热水器……如果谁家里有一台脚动缝纫机，那已经很奢华了。那时结婚女家流行的条件是"听听""看看""转转"，就是收音机、手表、缝纫机。在农村，"转转"是指自行车。人们买不起，市场上也没有。再说，就是市场有，一般人也买不起，就是买得起，住室里也放不下。

孔秀那时就是五人同一室，室内面积九平方米。

晚上九点半以后，家家户户的小喇叭没了声音。孩子们也都入了睡。孔秀坐在床边给孩子补衣服，钉扣子，做针线活儿。

正患腰腿病，在床上躺了一天的杨津峡，还兴致勃勃地沉浸在孔秀厂子"一厂变三厂"的庆贺中。他是一个模范的共产党员，是一个关心集体的好工人。他有病，下不了床，整天不出屋，憋闷得慌。自己厂子离得远，得不到厂里的消息，他就把孔秀厂子的喜报当成自己厂子的喜报。他关心地问孔秀说："哎——你们厂'一厂变三厂'，这么大的事儿，怎么没见你说过？"她淡淡地笑了，抬头看看丈夫，又回头看了一下孩子，见孩子们都睡了，才苦笑着说："这事儿不好说，为了高产，省工减料减工序。布，外表看，是一样的，是花布。可是，洗两水，肯定掉颜色。上边不懂行，正鼓励高产单位，见我们单位'一厂变三厂'，肯定大奖特奖。其实，谁买了布，谁叫苦。"

杨津峡一听，眉头一皱说："这叫欺上瞒下！揭发他们！"

"嘘——声音小点儿。"孔秀害怕地看看两边墙壁。这间房子太小了，仅仅九平方米，房和房之间，单砖墙隔，墙缝儿透音。她太知道自己单位的脾气，只能异口同声唱一个调，绝不允许提意见。她敢怒不敢言。

杨津峡不知内情，他瞧不起她胆小怕事的样子，一翻身睡了。

事儿也凑巧，偏偏有孔秀一个嘴快的同事到孔秀家串门儿。聊天时，杨津峡说道："我听孔秀说，'一厂变三厂'！'一厂变三厂'！那纯属是骗人哩！出厂的布，一洗就掉色。"

这一下，大祸惹出来了。

厂里立刻知道了孔秀的不满心理，她立刻被领导点名批评。

孔秀的生命之船，又驶进一个狭窄的、充满暗礁的港湾。

嘴快的人，又把孔秀在厂里受气的事儿传到家里。杨津峡不了解孔秀厂里的事儿，他误认为孔秀在厂里不吃香，就是孔秀的不是。

他常常震怒地质问和唠叨她说："你若在厂里表现好了，人家还找你的碴儿吗？""我听说，你在厂里光挨批，真不像话！""怎么干的活儿，怎么又出疵布啦！"他说这些话时，常常是在她端着饭递给他时说的。

这让她想起，给他端的这碗饭来得多不容易，五口人就用她四十多块钱的工资当生活费。外采的活儿，是她一个人。她每天下班，从不同托儿所接回三个孩子。一路上再停车无数次，排一次次长队，买回油盐酱醋、菜粮柴煤、布棉针线、吃喝穿戴……这整整五口人的所需。进了家，她要带着孩子，烧水、做饭、缝针线、洗衣服。蜂窝煤火常常灭，她几乎每天进家是先生火炉后做饭，当她做好饭时，她总是给他盛上第一碗，让他先吃。他的质问和唠叨，使她无可奈何，因为她已没有一点儿力气再去反驳他。

二十二

在家里，孔秀就是这样，常年一人要负担三个未成年孩子和一个瘫痪病号的生活。她也认为这是她义不容辞的责任。

她含辛茹苦没有别的愿望,只一心想平平安安熬过这几年难关,熬得孩子们长大了,熬得丈夫病情好转了。但是,日子并不像她想象的那样。

那些年,孔秀几乎早忘了自己还是个女人。夫妻多年没有性生活,孔秀已习以为常。艰难的岁月,无情的鞭策,妻子的应尽义务,崇高的母亲责任……这些早已使她忘记,上天还曾赋予过她一个女人的身份。

孔秀认为尽管丈夫有病,但起码自己的家庭是圆满的,自己有丈夫,有儿女。

最难的还得数从厂子至家里到处受白眼,挨训斥。

她不止一次想到死。好像此时,只有死才是她唯一能歇口气的安息地。她突然冒出充分的理由认为,假如被人一天天折磨死,不如自己一死了之。自己死,可以死得痛快也少受窝囊气。

原先,她认为自己多少年都是为了儿女才活着的。后来,她感觉凭自己的力量终是扛不住了。她开始做死后的安排。她认为首先应该把儿女安置好。她想到,原先还想把长子从他父亲那里接回来,她曾三番五次找第一个丈夫的亲叔婶儿,要把儿子要回来。当时,孩子的爸爸倒是同意让孩子过来,但有个条件,必须当着村里老一辈人的面立下字据——"孩子大了不回来分家产"。而老一辈人又难凑在一起,没能及时敲定这个事。

后来,她的第二个丈夫老寒腿犯了。孔秀忙着为病人治病,长子便没要回来。于是,她想最后去看看那个六七岁就离开亲娘的苦孩子。

她没有求人去征求第一个丈夫的意见,也没有像过去那样,只在他家远远看看,或只在学校门口远远看看,或只给孩子买块冰糕,或到村供销社买件衣服、帽子、书包、铅笔盒什么的。而是径直找到儿子的班主任,首先了解了儿子的学习情况。儿子的班主任是位通情达理的女老师,她和蔼而又认真地介绍了孩子的现况,她说:"你是孩子的亲娘,来问问是对的。

孩子的学习，你放心吧。他学习好，遵守纪律，和同学们团结得也挺好，只是上下学还带着两个弟弟，挺难的。不过，艰难日子里的孩子长出息。"

当老师得知孔秀每次看孩子都要受孩子父亲的阻挠，孩子的姥姥想孩子想得难以入睡时，便说："你今天就领孩子上姥姥那儿，让姥姥看看。我就不信，亲娘、亲外婆要看自己孩子犯哪家法！村里人觉悟低，是一家人时，不懂得珍惜感情。人分手了就会拿孩子置气，一点儿不懂母子之间的感情。你晚上再把孩子送回来，有意见叫他们找我。"

好一个敢作敢为的女老师，她不愧是一位通情达理、善解人意、有气魄、有知识的人。

也许由于血脉相连，孔秀和孩子不管相隔多长时间，只要一见面，儿子笑，她也笑。

那次，她是用自行车带着儿子去姥姥家的。姥姥抱起外孙就落泪，从小，是姥姥帮着孔秀把孩子带大的。姥姥认为，如今孩子跟着后娘，怎么好也不如跟着亲娘。姥姥问孩子，家里人对你好不？孩子懂事地点点头："姥姥别难过，对我好。"说完，眼泪就在眼圈儿里转。

孔秀自看见孩子，眼睛里的泪水就没干过。不过，她只在孩子不注意时抹眼泪，不愿让这苦水泡大的孩子看见。在孩子眼里，她总是笑。她心想："孩子，我再来看看你，也许是最后一次了。你的亲娘真要离你而去了，愿你坚强地活着。有一天，你考上大学，便是应了娘的心愿。""老天爷保佑我这苦命的儿子吧。"她暗暗为儿子祈祷着。

她为儿子洗头洗澡，洗得那么仔细，那么干净。她想起，孩子小时，夏天几乎天天洗澡，小手、小脚、小脸蛋、小身子……这一晃，三四年没给孩子洗澡了，孩子已经上四年级了，可当母亲的却在三四年之中，连亲孩子一下都不能，她也实在对不起孩子。

她把一大盆热水洗得快成凉水了，似乎想把几年没给孩子洗澡的缺失补回来，孩子的小手长大了，孩子的小脚长大了，他在一步一步迈向社会。孩子不但能自己上下学,还带着两个弟弟。

她想起自己在上学时,尤其是上小学时,也曾有带着弟弟妹妹上学的经历。可那时,是因为妈妈有病。如今自己的孩子上下学带着弟弟,是因为亲娘离开了他。她真感到当初离婚自己犯下了不可饶恕的错误,因为自己对婚姻的轻率处理,害了自己也害了孩子。

她做了儿子最喜欢吃的大米饭、冬瓜粉条炖肉。吃饭时,她左一筷子右一筷子地给孩子往碗里夹。孩子说:"妈,我自己会夹,你也吃吧。"多懂事的孩子,可惜,自己是"最后一次"看孩子吃饭了。

太阳快落山了,儿子催促妈妈:"今天,俺四爷爷去世了,俺爸让俺早点儿回去。"

孔秀想起那个慈眉善目的长辈——四爷,听说他去世了,孔秀的心里涌起一阵凉意。人,其实就一口气。活着,就得受罪;死了,也许是解脱。

她也想起自己的父亲,重病躺在病床上,白天听说家里买了五百斤煤就既高兴又担心。"只能往大门后头堆吧。放进睡觉的屋忒脏,放在大门外,下雨冲走了怎么办?放在大门后头还合适些。平时买三百斤煤还好安置些。"他说。

孔秀妈心疼地对丈夫说:"你都这样了,还费这个心,省省心,先养好身体吧。"

那天夜里,孔秀爸闭上眼睡了觉,就再没睁开。

孔秀爸去世时,脸色一点儿没变,只是没了呼吸。

孔秀听见儿子说,他四爷死了,他爸让他早点儿回家。她让孩子吃完饭,就赶忙将孩子用自行车送到他家门口。孩子回头向妈妈招招手,背着书包,跑进胡同去了。

孔秀的心也跟着进了胡同。她在那个胡同的其中一个大门里,苦也好、甜也好,终究过了好几年。她就在那个门里,由一个城市女孩子变成了农家妇。她下班回家,烧火做饭、洗衣、扫院,她为那个门里的男人生了一儿一女。

她才认识他时，他还是个刚下放的大学生。他俊秀的面孔，忽闪忽闪的黑而亮的眼睛，文雅的举止，朴素的学生着装，第一次见面时，就使孔秀动了心思。当留地址时，他又写出一笔流利而方正的钢笔字。

尽管他在母亲、姐姐和自己媳妇之间，不会处理关系，但他确实是个憨厚老实的知识分子。她还记得，他为生产队培育种子的情形。

他让孔秀给他缝了两个小布口袋，里边放上浸湿了的种子，放在火炉边烤。孔秀看见种子烤得冒热气了，急得催促他说："快把种子拿开吧，你看哪！都冒热气了！"他懒散散地说："别着急，冒一会儿才行。如果温度不够，种子发不了芽。"

大队里就他的文化水喝得多，他是队里的技术员。尽管在家里不会干活儿，可他在生产队是主力。后来，听说他们队种菜的收成在几个队里数第一，功劳就数他的大。

离婚前，孔秀只觉得难以忍受当时的苦处和困难。如今离婚后，竟通通变成了难舍和思念。

孔秀还记得，离婚书一拿到手，她曾在床上躺了七天七夜。头是空的，心是空的，两腿一迈步，像是踩着棉花。多亏一个亲姨左哄右劝，她躺了七天后，方才站起来上了班。

第二次婚姻，孔秀再也不想走离婚这条路了，死也不想走那条路。此时的难，她感觉已经抗拒不了了，她只好做死前的准备。

她把女儿托付给自己的亲妹妹。妹妹刚刚高中毕业，还没结婚。孔秀连同自己曾住过的九平方米小屋，托付给她，让她带着女儿一起住，自己带着两个儿子搬到了杨津峡分的宿舍。

孔秀是经过多天观察，才做这个准备的。妹妹很会生活，她做饭、洗衣服、上学做功课、跳集体舞、处世故、结朋友、干工作、打乒乓球……几乎样样都是一把好手。女儿跟着她生活，一定能成材。

孔秀把两个儿子交给他们的父亲。两个儿子小，孔秀几次想死，都不忍心。她觉得这两个儿子还太小，应该到上学的年龄，她才能放心离去。

那天，她觉得是该下决心的时候了。因为那天，她又与丈夫为可怜的女儿，生了一场她实在不能忍受的大气。

她每个星期日都要加班。这天，到了她快上中班的时间了，女儿是吃了中午饭才去杨津峡分的宿舍和两个弟弟玩的。女儿从小领两个弟弟一起进托儿所、出托儿所，他们三个形影不离。阿姨曾经诉说："学校下课铃声一响，第一个往托儿所跑的准是你的女儿。"她是真够亲这两个弟弟的。她上下学带着两个弟弟。她完成学校交给的拾粪积肥任务时，带着两个弟弟；给爸爸到桥西抓药时，带着两个弟弟。姐姐离不了弟弟，弟弟也离不开姐姐。孩子们亲得让人感动。他们拉着手在床上蹦啊、跳啊，叽叽喳喳的笑声弥漫在整个房间。

可是，丈夫认为这套房子属于他，他就是看这个女儿不顺眼，就得让她走。

在另一间屋，孔秀险些给丈夫跪下，乞求他："明天再叫孩子走吧，她刚来，看仨孩子玩得多开心，别拆开他们。我又紧着上中班，没时间送她了。"

丈夫横着眼，就是不允。

"看在咱们夫妻多年的分儿上，看在你两个儿子的面儿上，让他们多玩一会儿吧，多长时间没见到他们在一起开心玩了。"

"我看她不顺眼。"丈夫坚持着。

"你看她不顺眼，有火气明天对我发吧，行不行？你就是动手打我，我也绝不还手。你开口骂我，我也绝不还口。我只求你一件事，今天别赶她走，只让她在这里住一晚上，明天我再送她走。你看今天这么晚了，我又顾不上她，就她一个女孩子走，我实在怕出事。"

见丈夫没出声，她认为他默许了。她赶紧拿上饭盒，推着自行车上班去了。

当孔秀半夜下中班回家一看,他还是让孩子走了。

二十多里路,又没公共汽车,孩子走时肯定已傍晚。天黑时,孩子到家了吗?女孩子走夜路,叫人揪心哪。

孔秀的头嗡的一声炸了,害怕和担心像抽去了她的灵魂,她气得全身直哆嗦,推开门冲了出去。

天黑得伸手不见五指。深秋的风是刺骨的,刮得黄树叶子哗啦啦地从树上飘下来。

孔秀穿得很单薄,顶着强劲的寒风向铁道边走去。

不知为什么,这几年每到她伤心落泪时,耳边总有一种亲热而关切的声音:"活着有什么意思,死了一了百了。想想你自己的父亲,一口气在,结记这儿,结记那儿,把眼一闭,什么心、什么力都不用费了。"

"你好心对这儿,好心对那儿,谁对你好?他们谁都不知道珍惜你的感情和付出,你还对他们牵挂什么?当你死了,叫他们后悔去吧。只有死,才能引起他们的自责;只有你不在人世了,他们才会想起你对他们的好处。你活着,就有受不尽的难,谁心疼你?你看你的丈夫,他白天累你,夜里耗着你,人前指责你,在你单位那儿寻人一起整你,好让你一切听他摆布。你为孩子,他为什么不为孩子?世界离了谁,太阳都照样转。你别觉得你的家有你才存在,没了你,说不定他们活得更好。不信,你试试。只有你死了,他们才会珍惜你,想念你。死,才是你唯一的出路;活着,你的罪受不尽受不完。"

每到这时,孔秀就寻思怎样的死法更妥当些。

触摸电灯闸门,死得最快。电灯就在不高的头顶,一伸手就马上结束了自己的生命。可是,自己动手摸电灯口死了,两个孩子不懂电的知识,见妈妈躺下了,他们一摸,岂不是会传电伤了他们,这可不行!就是丈夫一着急触摸着,也会连上电。大人都没了,谁管两个儿子?

— 130 —

在厕所的房顶管道可以上吊，可自己死了，会吓着孩子的。惊吓孩子的事，绝不能干。

铁道就在一里地外的地方。她跟跟跄跄地向铁道边走去，铁道上只要有火车飞过，往火车上一扑，自己便会解脱了。

她在铁道边等着飞奔过来的火车，可左等右等，那一天不知怎么了，火车就是没过来。

她再一想，人碰到飞快的火车上，常常是身首异处，又不忍心这么对待自己。

她向大水渠边走去。夏天，这里水大，只要从桥边栽下去，立刻会随着水流冲走。可是如今是深秋，没水了。但孔秀曾注意过，渠的最低处有大污水管道正露在外面，有铁管，也有钢管。管子很硬，只要站在桥栏边，往管道处扑下去，也会一死了之。

她走到桥边，摸着齐腰的扶手，心里忽然轻松了许多。只要她扑下去，她就再不会被种种不快之事缠绕了。她的灵魂，将轻盈地升上天空，自由地飘来飘去。

想到这里，她立刻感到轻松了。从此，她不会遇到烦恼了，什么苦、什么难，都会随她的生命结束而结束。她感觉她不欠任何人的。她五岁就照顾父母，照顾弟弟妹妹。在学校，自己学习好，就主动帮别人复习功课。工作上，勤勤恳恳、任劳任怨，不求名、不求利，没做过一件伤害别人的事情，对一生的所作所为，她问心无愧，是个不怕三更鬼敲门的人。她只求付出，没向人索取过。她一生嫁过两个丈夫。她婚前没要过一分钱，婚后还为他们各生了两个孩子。她自己生孩儿，自己喂养，自己缝穿，自己培养，没花过他们一分钱生活费，可是他们……

精神上的痛苦远胜过肉体上的痛苦。

她把腿跨到桥栏上，准备往下跳。

她忽然对世界有了些留恋。远处的昏暗路灯下，是她常常带着孩子走过的地方。她带着他们拉着小平板车运蜂窝煤，带着他们去买粮食。她扛大袋的，孩子们提小袋的，跟在她身后。

河堤两边上的树，春长冬枯。它们还有还阳的机会，而自己一旦跳下去，就再也不会有来年。

她还推测着，当自己跳下去后，便什么也不知道了。早晨一定围来不少人来看尸体，尸体被火葬场拉走一烧就成灰了。

自己死的事被世人叨叨两天以后，人们便会忘记这件事，他们会很快去忙自己的事。

太阳照样从东边出，到西边落。

最可怜的还是自己生的四个儿女，他们是自己骨血的延续。

如果有一天，长大了的长子回家来找母亲，母亲却没有了，她似乎感受到长子的难过。女儿星期日再来找弟弟，却再也看不到母亲，母亲再不会为她争取应得的权利。两个小儿子只有倚仗他们的父亲了——那个舍不得为他们付生活费的、大病常年缠身的父亲。

母爱是人世间最神圣的感情。

此时，还有一个纯净的声音也在不断地提醒着举棋不定的孔秀："你生了四个孩子，养了四个孩子，可你还没把他们培养成才呢！"

"你不是还有望子成龙的心愿吗？"

"你的志愿和理想呢？难道你从没立过志愿和理想？"

孔秀的头脑中，立刻浮现出小学五年级时，一次在课堂上，老师让每个学生都树立一个志愿——"长大了，你想做什么？"

有的同学急不可耐地说，长大当摄影师！有的跃跃欲试地说，俺长大就当科学家！课堂上秩序乱了，学生们纷纷争先恐后地表达自己的志愿。

孔秀什么也没说。她看着同学们情绪激昂，心想："我将来要当作家。我要用我手中的笔，写出新中国的发展变化，写出自己一生在新中国的所见所闻。"

这个志愿在她心中曾储存了好长好长的时间,她一直没忘。

自己的理想,就是自己写自己所走道路的真实感受。自己要当书中的主人翁。自己的生活,就是自然朴素的第一手素材。人在生活中再怎么苦,绝没有过不去的火焰山。

生活的曲折,正是对一个人的挑战!

如今的苦,不正是未来胜利的肥料吗?没有苦,就无所谓甜;没有艰辛,哪有成功?

此时,她怎么把这些都忘了呢?

她头脑立刻清醒起来,我的儿女还没培养成才!我的弟弟妹妹,将来有困难我还要尽力去帮!我当作家的志愿还没实现!我不能死!我不能逃避责任!

我如今怎么这么糊涂,这些天来,大脑怎么老想这个"死"字。路千条万条,绝对不能走这一条路。

这是一条窝囊废走的路,这不是我的路。

她毫不犹豫地把跨到桥栏上的腿撤下来,回头坚强地向家走去。她要学知识、要写小说,要以身作则把儿女培养成才。

天微微发亮了,熬了一夜的她,反而一点儿睡意都没了。她打开火炉盖,准备为丈夫和上学的孩子打水做饭。她再没有一句怨言,也没有一点儿倦意。

她也忽然有些迷信起来,她想起老人们说过的一句话:人人欺,天不欺;人人不知,天知。她还相信了老人们说过的话,好人有好报,老实人常在。

一个只上了初中一年级的学生,二十年没拿过笔的中年妇女,她要写文学作品,写小说。那么,她就得重新拿起课本,首先学习文学知识,提高文化水平。她知道,这条路很难。她也知道,难路,也会有人闯过去。美好愿望是要付出艰辛的,艰辛她不怕,她不是只求生存,她要追求生活——无限风光在险峰。

二十三

重新振作起来的孔秀，决心从小学一年级的课本开始学习，一课一课、一字一字地学。

她按书本中一道题一道题地解答，学习知识文化，就得实实在在地学，没有窍门可取，没有近路可走。她要活下去，还要比别人活得更好，就要付出辛劳。

死都不怕，还怕困难嘛！她要争一口气。

她开始学习的课本，是孩子们正学的或是学过的课本。自己的孩子，就是自己的老师。孩子是妈妈的老师，孩子很高兴，愿意教。

没钱买本子，她就找石灰块儿在水泥地上写，写满了，用墩布擦完再写。

她的时间本来就紧张，上班八小时紧张工作，下班后照顾三个孩子和一个瘫痪的病号，她小跑着去买粮、买菜、买煤、收拾房间、洗衣服做饭。

那时没洗衣机，炉子也是蜂窝炉子，街上还没有卖面条、花卷儿、馒头什么的，原材料全是孔秀亲自去买，回家亲自去做。

学习知识就得靠挤时间，她要在正常生活中挤时间。

孔秀还从单位图书馆借来了《唐诗三百首》《宋元名家词》《聊斋志异》等书。

李白的《早发白帝城》，把她带到另一种诗画的境界：

朝辞白帝彩云间，千里江陵一日还。
两岸猿声啼不住，轻舟已过万重山。

她把那些只爱叮咬别人婚姻不幸的人视作啼不住的猿声，她要在啼叫声中写出一篇篇文学作品。

她在每天上下班路上背诗词。

白日依山尽，黄河入海流。
欲穷千里目，更上一层楼。

天门中断楚江开，碧水东流至此回。
两岸青山相对出，孤帆一片日边来。

日照澄洲江雾开，淘金女伴满江隈。
美人首饰侯王印，尽是沙中浪底来。

…………

她把世界文豪的名言警句用小卡片抄下来，再用小圆按钉一一钉在做饭、洗菜的墙上，钉在睡觉的床边上，钉在大木门的后边……这些卡片中的名言名句，时时激励着她不断地向文学领域登攀。

当她在单位记录布匹卡片时，她开始练习写每一个汉字。她工工整整地填写卡片上的每一个汉字的每一画，她绝不随意对待工作中这唯一拿笔写字的机会。

汉字是记录语言的符号，汉字历史悠久，对我国社会和文化的发展起着重要作用。

孔秀越学越感到自己文化知识的不足，她开始练习汉字的笔画。

她让幼儿园的会计给自己写了五个字"为人民服务"。会计的字写得好，人们一看见会计的字就会说："啧——啧——这字儿写得像牡丹花！

写神了！"

　　孔秀反复按这几个字练笔画，她相信，拜师必有上进。

　　她每到上班前一个多小时的天天读活动和班后一个多小时政治学习时，一只手食指在另一只手心练写字，反复写这几个字。

　　那时，是值班长一个人在上边念报纸，大伙儿听，念的人是例行公事，没有特别情况，他不会停顿，下边有窃窃私语的、打毛衣的、打瞌睡的……

　　孔秀除在手心上练写字以外，还用手在自己腿上轻轻地写，或在外人感觉不到的地方按笔画写这几个字。

　　写这几个字，看着不用力，也不用脑子，下意识似的，其实她是在用心写、用心记。她写的字越来越规范，渐渐地，她的字便练出来了。字写得不好，以后怎么抄稿子？

　　墨西哥作家费尔南德斯·德·利萨尔迪说："你如果愿意有所作为，就必须有始有终。"

　　汉语拼音非常关键，孔秀小时候学的汉语拼音字母是老式的，早已被淘汰。

　　现代汉语拼音字母，区分大写和小写，她要重新学。不会拼音就查不了字典，只有会查字典了，才能懂得每个字的解释，会写还要会用。

　　孩子们用过的小学生旧字典，她翻坏了两本。

　　孔秀记不住汉语拼音字母的大小写，她就每当上白班、中班时，早晨五点钟起来到附近一个公园假山后面边学边记。她跑步去跑步回，在公园里学五十分钟，按点跑回家给孩子们做早饭。

　　有了理想，有了抱负，有了目标，她的心豁朗多了。生活的苦难和劳累以及世俗小人的攻击，她全不放在心里，而且有时干活儿干累了，学习学累了，嘴里还哼起歌来。

　　一天，有个工友看着她推着比她自己高大十几倍的布车，一步步向前挪动时，咂着嘴若有感触地说："这个孔秀，干活儿是头牛，可又比牛有毅力。她多少年如一日，不图钱、不图利、不图名、不图提干，她这人让人吃不透。就这么一箱箱地推大布车，一天推三十多箱，还挡车处理故障。别说女的吃不消，男的也难办到，可她就这样干了这么多年。如今，还越干越有劲儿，连推碱桶的活儿都抢着去干。"

碱，是火碱，被放在跟人一般高的大圆桶里。人用小平车拉，稍微不注意，或地上稍有不平，碱水溅到身上脸上，都会把人烧坏的。火碱能把肉烧成坑，还没法治好。这活儿男工都躲着，实在不得已才去拉上半桶。而孔秀上班后，安排好机台正常生产，就先去拉上满满一桶碱水备用，省得需要时再去拉，耽误生产。孔秀当时上的是三班运转班，她拉的碱，常常够三个工作日用的。

人活着就要有目标，因为只有目标才能焕发出人的无穷无尽的力量。

1979年，她参加了市文学讲习班。每星期上两次课，每次课两个多小时。为了既不影响工作又不耽误课，她把每次中班耽误的课，在上夜班和白班时，到另一个班去听课补过来。

当文学讲习班结束时，班主任将孔秀的学习总结和其他几个学生的一起交到报社。市总工会也选出部分优秀的作品印刷后发到各单位，还让孔秀在全市工会积极分子的大会上演讲。她的演讲，获得了热烈的掌声。孔秀的文章后来还登在了市报上，并配发了编者按。那篇报道是这样写的：

学海无涯苦作舟
市染织厂职工孔秀

编者按：在全市开展的职工读书活动中，涌现出不少先进典型。这里我们选登了孔秀同志在市读书报告团的演讲材料，帮助大家特别是中年同志从中受到启迪。事实证明，要认真读几本书，学习一点儿东西，不是一件容易的事。但只要有了孔秀同志这种"苦作舟"的精神，奔向理想的彼岸就会大有希望。

看过《人到中年》的电影以后，你一定会对电影中的女主人公陆文婷报以巨大的同情。历史真是有意地捉弄人，当我们这一代人正在风华正茂的时候，时代的列车转了弯。当几道细细鱼尾纹悄悄爬上眼角时，我才猛然意识到，我已经到了中年。

我今年三十八岁，眼前有三个孩子，我的爱人从1974年得了瘫痪病，四年卧床不起，现在虽然上了班，到厂里住，但仍离不开拐棍。一家五口人的衣、食、住、行，爸爸、妈妈、医生、护士、保姆，这全部繁重的工作都集中在我一人之身。在大自然里，太阳和月亮还有个换班的时候，但对我来说，在家休息比在厂里上班还累。买粮做饭、缝补洗涮，还要给病人翻身喂饭，一天忙得天旋地转。我好像被人驱赶着，永不休止地奔波。

我本来应该是一只抱窝的老母鸡，可偏偏又长了一颗雄鹰般的心。假如我不能自拔于困境，也会流于庸俗，更何况，人活着总不能仅仅是为了自己。按照生理学的解释，强烈的精神刺激、过度兴奋和极度忧伤，都能改变人的状态，这条规律在我身上应验了。我决心脚踏实地地从实现四个现代化和本职工作的需要、从教育孩子的需要做起，鼓起勇气，分秒必争。从此，我走上了自学读书的光明之路。

当挡车工时，我自学了印染工艺。爱人有病，我就学医学知识。如今在食堂工作，和同志们接触面广了，他们的先进事迹鼓舞着我，我立志主攻文学，用我的笔颂扬工人阶级的优秀品德。我的八小时以外是干不完的家务，要想学习就得见缝插针地挤时间。吃饭时，我边吃边看；洗衣时，我手搓口念；排队买东西，我也掏出书来看几眼。由于精力过于集中，我炒过生菜，也烧过糊饭。多少个日日夜夜，多少个早早晚晚，使我尝到了读书的甜头，我懂得了书就像一艘船，带领我从狭隘的港湾驶向无限宽阔的海洋，为我枯燥单调的生活增添了丰富的色彩，帮我跨进了知识的大门，去探索人生的真谛。

文化水平低是我学习中最大的难题。我只上过一年初中，跟笔绝缘了二十年。就在此时此刻，真是天遂人愿，我毅然报考上市工会办的文学讲习班。有人曾劝我说："算了吧，那么大岁数，还学什么文学？！"孩子报以新奇又怀疑的目光，问道："妈妈，你也去上学？！"我自己也在认真考虑，每天只有五个小时睡眠时间的我，每周要挤出六个小时去听课，偶然两三次尚可，两年坚持下来，对我实在是很大的考验。有多少次，我下课回来带着孩子去医院看病；有多少次，我下课回来为一家人缝缝补补，洗洗涮涮；有多少次，为完成作业，我忙到深更半夜。慢慢地，孩子们也在变，每到我上课的时间，孩子们就亲切督促道："妈妈，你该上课啦！"这对我是个鼓舞，使我乐在心田。

日月如梭，光阴似箭，经过两年的学习，我攻读了大学文科的七门主课，撰写作品三十多篇，经过老师和编辑同志们的指导修改，其中有六篇小说先后刊登在报纸刊物上，有《工人日报》《石门子市日报》《新地》等。我开始采摘到了果实，许多同志为我开心。我深深体会到，一个人若有了意志和精神，往往能得到科学计算不到的效果。人生能有几次搏，我决心向文学的高峰，奋力攀登！

孔秀1984年8月发表的小说《王师傅的四个徒弟》，引起人们对历史的沉思。市文联组织了七十多个人参加座谈会，对这篇小说进行了剖析。市文联主席读后写道："这是一篇发人深思的小说。"在文章中他说，《王师傅的四个徒弟》立意新，有时代感，是一篇发人深思的小说。

二十四

点点滴滴的药液，缓缓地流进孔秀的血脉中。她静静地躺在病床上，脑海却闪现出种种幻觉，过去的，现在的，未来的。

1982年的一天，孔秀去上班，在厂门口正碰上厂工会的一个干事。这个工会干事好像是早就在这里等着她，知道这里是她每天上班的必经之路。

看见孔秀向这里走来，工会干事大老远就招手，向孔秀走过去热情地说："你发了那么多小说，一定有底稿吧，拿出来让我们看看，让我们也学习学习，我们不少人也想写小说呢。"

他高高的身材，朴实的脸很白，一双大眼睛很亮。他平时笑眯眯的，很慈善，很虚心，很真诚。

"都是短篇的，没什么看头，等我写出长篇来，再给你们看吧。"孔秀不好意思地推辞着，走过去了。

"你看你，让我们看看，也学学嘛。"他在孔秀身后喃喃地说。

"以后写了长篇，一定让你们看，如今都豆腐块儿似的，最长的小说才一万多字，底稿也乱乎乎的，就免了吧。"孔秀回头难为情地笑笑便走进厂房。

她在车间遇见一个文友，这个文友是同一个机台的。他和孔秀面对面地走来，眼光一碰说："你还不把底稿拿出来让人瞧瞧，人们根本不信你会写小说。不少人正传言，你的小说是别人给你写的。"说完，他往上仰了一下头，示意道："你写小说我是亲眼所见，咱们在一个机台，机台不开时，别人一伙儿一伙儿地在一起拉闲话，而你钻到机台角写作时，我是见过的。可我说我见过你写，别人还说我瞎说，认为我们是一个机台的护一个机台的人。你就把底稿拿出来让他们瞧瞧怎么啦？"

他像已经知道孔秀在厂门口拒绝过工会干事的请求似的，督促着。

"是的，拿出来让他们看看，有什么不可以呢？自认为这样是谦虚，反引起人们怀疑，太不值得了。"孔秀心想。

她回头向工会走去，那工会干事似乎正为没得到孔秀的手稿犯难。他两手抱着一个黑皮提兜在自己的办公桌前站着发愣，他见孔秀进来，又露出一丝笑意。

"走，你不是要我底稿吗？跟我一起拿去。"孔秀对他说。

"好好好，就用这个提包装。"那个工会干事的提包空空如也，他早准备好了，要盛孔秀的底稿，如今见孔秀这么说，高兴得眉眼含笑。

"哦——原来他是有备而来，是奉职交差。"孔秀的心是凉凉的，那凉凉的心还罩着一层雾气。小说还有假的？人们心思颇坏。

那时，在孔秀的心里，一个"假"字，简直就是天地不容之字。

但孔秀没说什么，只是同意工会干事去她家取小说底稿，她骑着自行车在前边走，骑得越来越快。他在后边追，紧追。

她的家很小，当时，已经住上了楼房。住室只有十二平方米，另有一厨一卫和一个既细又窄的小走廊。

这个家是1979年秋天搬进来的，刚搬进来时，她很满足，孩子们也很满足，做饭不出屋，上厕所不出屋，别提多方便了！

孩子们纷纷扒着大玻璃窗户往外瞧，看着一辆辆飞驰的汽车，一辆辆奔波的自行车，一群群步行的人，咯咯咯地笑。

这是一套老式的一居室楼房，虽说连建筑面积才二十七平方米，还是一楼，紧挨马路，随着飞驰的汽车，一阵阵尘土扑进屋，但对当时的孔秀来说，居住环境已大大升上了一个台阶。

想当年搬进这间屋还有段难忘的故事。

这间屋好几年没人敢住了。当孔秀到厂房管室接这间房子的钥匙时，当时房管室的几个工作人员都发怔地看她。孔秀知道他们看她的意思，不只这几个工作人员,就是周围的人,听说她要住这间屋也都是眼光发怔。

这间屋子曾吊死过一个印尼华侨。

印尼华侨曾是姐妹俩,后来被父母送回了国内。据说其中一个结婚时,厂里把这套房分给了她。但之后由于生活中的种种不顺心,她就用一条绳子把自己吊死在了这套房子的卫生间里。

自打人死在这间屋后,人们怕这间屋子不吉利,尽管当时房子奇缺,可谁也不敢入住,就这样闲了两年。

"农村的房子一住上百年,哪能不死人?医院里哪个床位不死人,谁因此有病不住院?"孔秀一遍遍地叮咛自己,给自己壮胆。

她绝不敢告诉孩子们,她怕孩子们幼小的心灵受到惊吓。

但在搬进去的当天夜里,天黑人静,几个孩子都睡熟时,孔秀的心却在一揪一揪的,头发也在一乍一乍的。

碰巧,厕所的水箱不知怎么偏偏出毛病了,它每过一个小时,就自动放一次水,夜深人静,水箱一放水,震天响。那声音吓得孔秀魂飞胆裂,用被子使劲蒙住自己的头。好容易水箱安静下来,孔秀决心趁这个机会让孩子们去厕所。

孩子们睡得迷迷糊糊不知道怕,可是此时,孔秀扶着孩子们往厕所走,头是一蒙一蒙的,脚是一软一软的。正是夜里两点钟,夜深人静,里里外外,一点儿动静也没有。若是此时有一只蟋蟀叫几声,孔秀都会十分感激,然而并没有。

她好容易壮着胆子,扶孩子上床,脑后的水箱又突然哗啦啦的一声巨响,孔秀险些吓得瘫软在地上。

那天后半夜,孔秀再没有睡意。她害怕地缩在被窝里,和着厕所那个不断的水声,哆嗦成一团,直等到天亮有了人声。

头一夜,她就这么咬着牙挺过来了。

第二天上班,工间休息时,她便到房产修缮科找师傅修厕所水箱。

"厕所水箱老自动放水，一个小时一次，请师傅去看看。"她说。

"行，哪栋楼、哪号？"那位四十多岁的师傅拿起一截铅笔头和一个破旧的本子问。

当孔秀说明楼房号时，正在本上歪歪扭扭记地址的师傅却停住手，害怕的眼光在孔秀的身上一闪说："这毛病我修不了，你自己调调吧。"说完，他像躲瘟神似的，离开了工作室，临出门时又回过头说，"你自己调调吧，没大毛病，又不是没水，也不是一直流水。"

看来，靠别人解决水箱问题是没指望了。

晚上回家，孔秀壮着胆子决心自己修缮。她搬了一个凳子去调那个水箱，蹬到凳子上，头几乎碰到那个硕大的粗水管道上。联想当初，那个印尼华侨大概就是选择了这个粗弯管道结束了自己年轻的生命。

孔秀从小怕打雷，至今一打雷就吓得心慌头蒙。可她从小又偏偏要撑着为别人壮胆。

小时候，她曾多少次为妈妈和弟弟妹妹壮胆。那时候，父亲在铁路上跑火车，常年在外工作。妈妈有高血压、心脏病，儿女多，累得妈妈神经衰弱，曾一度精神分裂。每遇到雷声大作的天气，妈妈就惊恐地望着长女小孔秀，小孔秀立刻就连连安慰着妈妈说："不怕，不怕，是打雷，一会儿就过去了。"常常是小孔秀一边说着，一边忙着伸过手去，拉住妈妈的手安慰。这时，小孔秀还要忙着把扑向姐姐怀里的弟弟妹妹紧紧地抱住，为他们壮胆。再说，这样做，她不光是为别人壮胆，也是为自己壮胆。其实，她的胆子也很小。

此时，孔秀站在凳子上去调厕所水箱，心里虽说是在给自己鼓劲，世界上没有鬼，人死如灯灭，可那吊死者长舌披发的样子，恍恍惚惚地似乎在眼前晃。再想想一个个听说她要住这间房时人们的眼神，她出了一身又一身冷汗，禁不住打了一个寒战又一个寒战，腿一次又一次哆嗦得站不稳。

她不懂水箱的原理，怎能修水箱？

她想赶紧走开，可又想，好不容易壮了胆子动手修，原因找不着，水还会一个小时排一次，日夜不停，这怎么行？她心里哆嗦着，想着："我是新中国……新中国成长起来的共青团员，从小入少先队……少先队，多年受毛主席教育，从来就没有什么救世主，全靠我们自己……我……我是无神论者……"

同时，孔秀嘴里又哆嗦着，嘟囔着："我和你可没仇没怨……我还有一群孩子……我没有害过人……我没有坑过人……"

孔秀哆嗦着，坚持着，站着的凳子也在脚下噔噔噔地直响，她眯着眼，咬着牙，手拨弄着水箱拉绳顶端找原因。

终于，孔秀找到了答案。

原来是拉绳由于老化在顶端缠成了一个结。孔秀哆哆嗦嗦的手，解开了那个缠结，孔秀便叽里咕噜地从凳子上半摔半栽下来。

厕所很小，她也记不得是怎么从厕所里爬起来跑出去的，也记不清是怎么进的屋，更记不起是怎样坐在房间的床上的……只记得当时，看着窗外来来往往的人和车，她感觉犹如刚从另一个世界跑来……

孔秀想起电影里的一些挂红布条镇鬼的镜头，也想起老人们常说的放炮仗避邪的镜头。

她没敢声张，怕别人揭发她讲迷信批判她。

她把红布条系在一条条电灯拉绳上，她又买了十几个炮仗，让小弟弟到她家在屋外放了，炮声震得玻璃险些破裂。

小弟弟放完炮仗对姐姐说："姐，别怕了，我把邪气给你吓跑了。"

孔秀丈夫的单位给他分了新楼房，因不同意女儿住，孔秀不得不又带着三个孩子回到了这间小屋。

就在这间十二平方米的小屋里，孔秀和三个儿女共住了十年。

在这间屋里，儿女写作业是在床板上。四个人的大床，占了三分之二的房间。她把被褥卷起来是桌子，让孩子学习、写作业。她把被褥铺开是床，让孩子们睡觉。

当儿女写作业时，孔秀忙在厨房里。

儿女全睡了，孔秀把靠窗户的缝纫机台面腾出来写小说，一下笔就到深夜。

她写了一百多篇小说，发表了还不到一半，尤其前几十篇，全是退稿。稿子一篇篇地退回来，也一篇篇地寄出去。当然，有些稿子的质量并不是不好，而是寄的出版社不对口。例如，有的是画报编辑部，她寄的是小说，未能采用；有的是诗刊，也不采用小说。

失败是成功之母。在孔秀的创作道路上，这句话得到了应验。

当孔秀的一篇篇小说，在三十多家报纸杂志上不断发表时，当孔秀的小说在省内外有关单位一篇篇得奖时，就引得这个厂工会干事来要小说底稿了。

也许，他们是真想学习学习写小说。

孔秀把工会干事让进屋说："你在这坐会儿，我给你拿。"

"这是你家？"他看着整整占房间三分之二空间的床说。

也许，他在想，你在哪儿写呀，连个桌子也没有。小说底稿呢？恐怕更没有吧。

明面上是没有，不但没有小说底稿，连写字的地方也没有。屋里除了一张硕大的床，就是一个硕大的立柜，立柜要装四个人春夏秋冬四季的衣服鞋袜。再就是那台缝纫机。缝纫机台面上还放着一大堆待缝的半成品。

写小说一定要看很多书报吧，可这屋里只在床头有几本课本，还是孩子们读过的算术、语文课本。

也许，他真失望了。他拿着那个黑挎包在屋里转圈儿，为难地看着孔秀，似乎说："我是拿小说底稿的，你可千万别让我空手回去呀，领导和工人那里，我怎么交代呀。"

孔秀本来要到厨房去给他先倒碗开水的，客人进家先喝碗水才是礼貌。可如今，她犹豫了一下，迎着他的质疑和无奈的目光，暗暗狠狠心说："好吧，我拿给你看。"

她蹲下身子，从床底下拽出一个大纸箱子，掀开纸盖，全是小说稿，小说稿上的字密密麻麻，还有日常记录本，字迹也是密密麻麻的。甚至有的稿纸和笔记本上的铅笔字上面覆盖着红蓝铅笔的字迹，红蓝铅笔上面覆盖的是钢笔的字迹，一层一层的笔迹尽管很乱，但细看下去，却能分得清。

孔秀抬头示意工会干事："你是要这些稿子吗？"

"对对对！就是这些，就是这些。"说完，他如获至宝地抓了一大沓儿底稿往提兜里放。一大箱子，提兜如何放得下？孔秀问："你都拿走吗？"

"拿走，拿走，拿走！"工会干事见提兜盛不了这么多，便搬起纸箱往外走去，一边走一边说，"我用自行车驮，你给我找条绳子吧。"

孔秀把床下的一箱箱书稿拽出来后，就到厨房去找绳子。

工会干事返回房屋拿绳子时，才发现孔秀后来拽出来的六七个大大小小的纸箱子，里面盛的也是小说底稿和书稿，便惊讶地说："我的自行车可带不了。不过可以分次带。"

他想一自行车带三箱，后座上面一箱，左右一边一箱，像农村人自行车驮筐一样。

可是，他一骑上车，只骑了几步远，箱子就掉下来了。有几个过路人见他驮的都是书稿，还以为他要去卖，就说："你是卖书的吗？俺们在这儿挑几本，你卖给俺们吧，俺们看你的这些书还不错。"

其他几个人也异口同声地说："就放下让我们挑几本买吧。"

"不不不，我这可不是卖书本的。我这是有公干，一本都不能动。"工会干事见围上来的人很感兴趣，心里也来劲儿了。

工会干事对孔秀说："你在这儿看着，我上厂里叫辆汽车拉走吧。"

他到厂里叫来的是辆吉普车。他和司机往吉普车里装书稿装了满满一车，最后连司机座旁也堆满了书稿。工会干事临走时，无可奈何地对孔秀说："车盛不下人了，你自己骑自行车走吧。"

孔秀骑自行车来到厂大饭厅对面的会议室。只见会议室门上方早挂上一横标，红布上面的黄纸上醒目地写着"孔秀小说写作底稿展览室"。

孔秀走进会议室，看见会议室里有个讲台，讲台下面是十几排椅子，讲台上也挂着"孔秀小说底稿展台"。

原来，为了给孔秀正名，厂工会主席和工会干事早已请求厂党委，要举办"孔秀小说底稿展览"活动，他们对自己单位推荐的先进人物很负责任。他们在尽心尽力地办实在事情。平时，他们曾为不少工人排解过燃眉之急，也多次成功调解过工人和领导之间发生的摩擦。

书稿箱从吉普车上卸下来，工会干事犯愁了。一个讲台怎么能盛这么多书稿呢？他叫了几个人，把大食堂的饭桌搬来一个。大食堂也是大礼堂，全厂会都是在大食堂开。三千人的大食堂，很大。大饭桌也很大，一张大饭桌，有二尺多宽，有三张正常桌子那么长。

他让人先把会议室的椅子堆在墙角，把这张长条桌放在中间，工会干事将一部分书稿分开摆上去，摆着摆着，他又笑了："要摆得开，半纸箱书稿就摆一桌子，摆厚了，人们参观时看不清内容怎么行？"

一张桌子自然不够，他就叫人一张桌子、一张桌子地增加。最后，他就这么摆了十二张长长的大桌子，真像大蜘蛛盘丝网一样，桌子在会议室连盘转了几圈儿。

各车间青年团员都到这儿参观，不少年轻人参观完都感叹："哟，这得要写多少天哪？这么多，这可叫读万卷书、写万卷稿呀。"

大伙儿要认识孔秀，尽管是一个厂。厂是三班运转，几千人大厂，平时未必认识谁是谁。

孔秀在台上发言时，台下掌声一阵儿又一阵儿。厂工会干事的照相机一闪一闪的，给她照了相。

凑巧，市委书记到厂检查工作，听说这厂有个小说底稿展览室，提出想去看看。

厂里领导自然高兴，忙领市委书记前去观看。市委书记一看说："你们厂真了不起，还在工人群里培养了写小说的人才，大有功劳。"

"她现在做什么呢？"市委书记问厂书记。

"我们现在在准备把她调进广播室。"厂书记忙笑着答道。

其实，孔秀就在离会议室不到十米的大食堂里干活儿。她就在大食堂里穿着白大褂，拿着大杆秤，一秤一秤地给入伙工人退粮食。粮食里有大米、小米、白面、玉米面、红豆、绿豆，还有花生油、香油。

食堂一天要为入伙职工退几千斤粮食，全是她一袋一袋地从仓库里搬出来，再一秤一秤地称给工人。

让一个女人干这么重的体力活儿，本身就是一种残忍，而这个女人，平时又带着三个孩子生活。

其实，厂书记也真不知孔秀正在干什么工作，他只知道她是自己厂里的一名普通女职工。

厂党委办公室刚定下来，厂广播室要增加一名编辑，平时只有一名广播员不行，又编又播，忙不过来，好多先进事迹广播不出去。

这名编辑的名额早已定好，是厂办公室主任的爱人。他爱人是老广播员，很早就想在广播室当编辑。可广播室没编辑名额，若增加广播室的编辑名额，必须由厂党委审批。为得到这个名额，办公室主任夫妻俩费了好多脑筋和口舌。当然，这也是工作需要早应该安排的。

厂领导批了这个名额，但还没落实到位。

正在这个节骨眼儿上，经市领导一问，厂委领导立刻要转给孔秀。矛盾由此产生也是自然的，这是后话。

孔秀原是厂里的一名普通女工，她在小说没发表前，默默无闻地上班。她不爱与人交往，也不爱说话，自然不少人不认得她。

她的小说《退休以前》在《工人日报》文艺副刊发了头条。主编这篇稿子的编辑因公事来到石门子市。想当初，他认为《退休以前》这篇稿有新意，有内涵，感情实在，还有城市改革前的春风暖意。他这才大胆地拍板把这篇小说提上了头条。这篇稿，几千字，占了半版。他认为报纸早已出版几个月了，这位上全国大报的小说作者肯定早已出名。

当他路过作者工作的这个厂子时，很想见见作者，认识一下。他曾到厂门口向厂警卫打听，要找写小说的孔秀。

当时，厂门口警卫摇摇头说："我们厂倒有两个叫孔秀的，可她们谁也不是写小说的。你说的食堂科退粮食那个孔秀？扛粮食称粮食还行，她哪会写小说？你找错人了，到别处找去吧。"厂警卫就没让他进厂。

这位编辑本是在百忙中看看作者，不能多耽误，没找到也不敢耽误，忙执行任务去了。走到厂门口也没见到作者，不免感到很遗憾。

难怪厂门口警卫不知道，当时，孔秀自己十分低调。

有几个退粮食的职工，在用口袋接孔秀称好的粮食时，曾问过："报纸上发表小说的是你吗？"

她的头发上、脸上、手上、胳膊上、衣服上、鞋袜上，全是白白的一层面粉，这是粮食飞扬起来及落下来的粉末。她顾不得细解释，也不好意思去承认，便用最简单的方式摇摇头，或用最简单的语言回答："不是。"

直到厂工会主席亲自正式找她核实这件事时，她才笑着点了点头，承认了是自己写的。

那时，她的小说变成铅字已发表十几篇。她在自己平凡的事业中创造了自己不平凡的生命。

人怕出名，猪怕壮。

孔秀的小说发表十几篇后，确切地说，自她承认了小说是自己的作品以后，赞扬的目光来了，受排挤也轮到她了。

出多少小说也不是工作量，出得越多，越说明她不务正业。

可孔秀是业余时间写的，没有耽误工作，有人为她打抱不平。

食堂领导还交给了她一项光荣的任务：管理食堂内群众意见本，公平秤。一开饭，孔秀的小窗户就打开，放一个意见本、一个公平秤。

那时，粮食还在紧张时期。当时，找她评理的人很多。菜量少了、馒头不够秤、炊事员态度不好，职工向她反映的不少，她让职工写在意见簿上，拿给食堂领导看。

领导有时看看，有时顾不上看，说以后再说吧，意见该提还提吧。

这时候，孔秀哪知道，她也想不到，有个市级组织的树立名人、树立榜样的调查组，正在瞄向她，这个调查组正在整理孔秀的材料。

他们很负责任，把孔秀从小到大的经历，以至往上三代的情况，调查了个清清楚楚。

孔秀发表了这么多篇小说，对她的事迹报道，当然要慎重，这是领导要调查的起因。

调查的方式是个别谈话和座谈相结合。

孔秀先前大多时间是在车间干工作，调到食堂工作刚不久，领导调查的范围重点自然在车间。

"孔秀这个人不错，干活儿踏实，遵守厂规是个模范，上班早来晚走，对领导分配的活儿从没挑肥拣瘦过。"

"孔秀这人不爱说话，干活儿只管干自己的，没闲话没是非。上夜班没活儿时，别人都找地方睡觉去了，她只守着自己的机台看书，啥时有活儿，总是她先干，也没攀比过别人。"

"我们这个车间挡车工都是男的，女的只干辅助活儿。只有孔秀一个女挡车工，大机器十几米高，处理故障很危险，技术考核时，她获分最高，一百分。还能写小说，不简单。"

"她写的小说我见过。有次夜里全车间没活儿,机台四周都没人了。我是车间主任,到车间转了转,见只有她还守着机台写什么,到跟前仔细看,是篇小说,看了看怪有情节的。她不好意思地收起来,说这还没够发表的水平,不好让人看。她的成果,全凭自己苦熬苦写出来的,我们很佩服她。"

"你们再想想其他方面?"

"没见过她有违法的事。"与会者一个个摇摇头,认为其他方面都不错。

有位头脑清楚、思想作风正派的女领导说了句公道话:"如果孔秀什么作为也没有,我们今天就不会了解她这些了。原因就是她发表了不少小说。我们要想让广大民众重新认识知识的重要性,形成全民学知识、学文化、学技术的氛围,我们就是想把她立为榜样,掀起一个学习知识文化的高潮。"

"孔秀的小说得奖,为我市赢得了荣誉,我们应当给予她所应得的。"

于是,厂领导找孔秀谈话了:"我们没给你提供任何方便,你的小说到处得奖,给我们单位争了不少光。这样吧,你提个条件,我看我们为你办一下。"

孔秀抬头看看领导,十分感谢:"如果我考上了大学,希望领导允许我去深造、学习。"

厂领导笑笑说:"好吧,只要你有学上,我们一定支持。"

对孔秀,厂领导不是没有考虑。市里领导连续表扬厂子培养人才有功,染织厂能在工人队伍里培养出个省内外有名气的工人作家,她真给厂里争光。

领导起先琢磨,还以为孔秀要提房子问题,谁都知道她的房子太小了。或者孔秀要提工资的事儿。

"若是提出工资问题,那就单项申请上报,估计来个特批,长两级,问题不大。"

领导没料到，孔秀会提出上学深造的问题。这好说，谁考上大学，单位都会支持，何况是已做出成绩的孔秀。

孔秀提出上学的问题，并非头脑一热，而是酝酿已久的。

二十五

小时候上学，孔秀没上够。

她兄弟姊妹多，她排行老大。父亲是铁路上的列车长，按当时收入水平属于高档工资，可架不住家庭成员多。孔秀母亲长年有病，弟妹六人，还有奶奶、姥姥要负担。

孔秀上学时，学习成绩是很好的，胳膊上戴的是少先队大队长臂章。她是铁路子弟小学一千七百多名少先队员的大队长，石门子市桥西区二十多个学校的学生会副主席。因此，不少事情都得是孔秀去办。上学，她比别的孩子忙；下学，她也比别的孩子忙。

下学后，当别的孩子穿着飘飘裙玩双杠、跳猴皮筋的时候，她正在家里，帮妈妈洗衣服，一洗一大铁盆。她做饭，一做就是两笼屉主食、一锅稀饭、一大盆炒菜。她要为全家做鞋补袜子。

家里洗衣服和针线活儿是孔秀天黑以后的活儿。孔秀每天下午四点半下学，首先干的可不是这些活儿，她是先提着小竹篮子去挖野菜。至今，孔秀对很多野菜认得很清楚：什么大叶菜、马神菜、猪毛菜、扎扎菜、灰灰菜、苜蓿菜……春天，她把布书包挎到脖子上，爬到树上去捋雪白的槐花，上到榆树上够过榆钱儿。

她打小是黄黄的头发，扎一个小红头绳歪辫儿，白白的小圆脸上嵌着一双闪着亮光的聪明温顺懂事的眼睛。每次只要她一进家，那身打补丁的衣服就是她的工作服。但对她出外上学时穿的衣服，父母还是注意的。她上学的那身衣服，还是很整齐干净的。她老大，她穿小了的衣服，再由弟弟妹妹接着穿。

上初中一年级时，她感觉不退学不行了。那时正值三年困难时期，那会儿，一个个商场里，一排排都是空架子。售货员们饿得躺在货架子旁边，瞪着眼看着门市部外面来来往往的人。不少工厂放假了，什么时间返工，要等通知。不少学校解散了，学生们从哪儿来的还回哪儿。大多数的工厂工人和学校学生，下农村支援农业。

父亲坚决不让她退学。父亲对母亲说："咱大闺女学习好，咱就供她上大学，小的上不了学，我想办法吧。"

父亲能有什么办法？该上学的弟弟、妹妹不能再等了。孔秀退学，只经过了妈妈的同意，让妈妈和自己一起向学校说。

教导主任值夜班，晚上八点多时只有他在。他不情愿地对孔秀说："你迟早会后悔的。"但对孔秀家当时的情况，他也无能为力。

孔秀确实后悔，当她工作了二十多年，她才发现心里对学习的渴望那么深。

在厂领导征求她的意见时，她没要工资，没要房子，没要任何福利条件，而是毫不犹豫地提出想进大学深造的要求。

她同时也给市委领导去了一封信，把想入大学深造的意思表示出来。

市委很重视这名自学成才写小说的女性，这封信转到负责文教的副市长那里，这位副市长亲自把她介绍给自己原来工作过的大学去旁听。

当旁听生，孔秀不服气。旁听生不交作业、不参加考试。她想堂堂正正地通过自己努力复习，参加全国成人高考，正式进大学学习。她决心要当就当一名名副其实的大学生。

她很感谢市委和那位负责文教的副市长，若不是领导重视，她也不会进入大学校门。

为上大学，孔秀推辞了一次又一次讲心得的报告会邀请。被邀请做报告也许是一些人成功的滋味中最甜蜜的享受。

孔秀的一篇篇小说发表了、得奖了，她成了小有名气的作家。那时，她已被吸收为市作家协会会员。后来，她成为省作家协会的会员，又被推选为市作家协会理事。

她入了党，转成了国家干部，调了工作，担任厂广播室编辑。全国总工会评她为全国读书积极分子，并颁发了"全国职工读书积极分子"荣誉证书。省政府、省总工会评她为"四个现代化建设中的女能人"，市政府、市总工会评她为"自学成才的榜样"……她的事迹上了市级报刊、省级报刊、全国报刊以及电台、电视台。全国总工会还组织全国各地工厂企业上班前、下班后，集体学习讨论她的事迹。不少单位利用平时组织的班前班后"天天读"时间，学习孔秀的先进事迹。

市邮电局共青团，市棉纺厂，市化工企业，市多所大学、中学等单位排队邀请孔秀到本单位做报告。

孔秀曾应邀去了两个单位，是孔秀所在厂答应了的。参加大会做报告的事儿，是很风光的事儿。新闻单位的照相机、摄像机镜头只对着她闪光、取镜头；一阵阵热烈的掌声，一层层围观者，一群群让她签字的崇拜者，一句句让人称心如意的话语，一捧捧鲜艳夺目的鲜花……真是，那场面令人目眩。

她一时成了公众人物。连儿女正在上学的学校、同学的单位，都找她介绍学习经验，以便掀起本单位的学习高潮。

孔秀很快意识到，面对这样的形势，自己将要失去自我。她追求的是自我内在的文化知识和品质修养，绝不能让荣誉冲昏了头脑。那时，她上街买菜，都会围上几个人来说些恭维话，闹得她措手不及。她感觉，若是这样，自己是没有什么时间来深造了。

她礼貌地找自己的单位领导，请求取消报告项目。她要像正常人一样地工作，她要坚持完成自己的写作任务。

"几十个单位都安排好时间了，你每天上午一个单位，下午一个单位，你的正常工作已由别人顶替，都是兄弟单位，谁难说哪天用着人家。都告诉人家时间了，人家也都几次询问需要准备的事项，已经安排好了，你怎能打退堂鼓？"工会主席是位热情、负责任、工作能力很强的老干部，他认为要激发人们学习知识的热情，孔秀的亲身经历及现身说法比开多少次大会都顶用。况且，这也是上级领导的一次掀起广大民众学习知识的动员报告。

不过，看孔秀的理由比较充足，老干部便难为情地说："你再讲三天吧，三天后的安排我都给你推掉。"

孔秀感激地点点头。

孔秀已经养成了半夜起身写作的习惯。她晚上十一点睡，夜里两点起，一口气写到五点钟，再睡一个小时，六点起来跑步到公园，在公园记一刻钟的名言警句。六点半到家，准备早饭。她先打发孩子们吃饭、穿好衣服、背着各自的书包上学去，孔秀自己再上班。

她不论白天多忙、多累，夜里三个小时的写作时间雷打不动。

知识在于积累，天才在于勤奋。若有一座高山挡住你的去路，与其在它的下面踟躅不如向它的顶峰攀登。

为了能考上大学，孔秀除了写作外，又分秒必争地准备高考。

市总工会领导出面，希望她把在厂里展览的习作再在市总工会展览。

孔秀赶忙谢绝，她第一次向尊敬的领导、曾一度扶持她成长的文学讲习班领导说了一次假话："哎呀，对不起。我把底稿都烧了。"

市总工会领导遗憾地说："哎呀！真可惜。"

"人怕出名，猪怕壮。"孔秀自己怕，她耽搁不起时间。

第二天，星期日。孔秀把所有的手稿都烧了，是在她家小房前烧的，整整烧了一天。

看到她烧手稿,有人说:"烧了小说稿多可惜。"孔秀笑笑,心里想,今天烧了旧的,才能再写新的,写好的。

她坐在一个小板凳上,腿上放着《高考复习提纲》,一边用小铁棍挑着小说底稿烧,一边复习高考内容。

这是第三次参加高考了,前两次参考,孔秀都落了榜。

没有桥桩的扎扎实实,就不会有大桥的雄伟壮观。

她重新开始复习《高考复习提纲》。她把高中、初中的语文、地理、历史、政治、数学等要高考的内容都找齐,又像蚕啃食桑叶一样,开始日夜加紧准备。

旱天禾苗上的露珠,是耕耘者汗的结晶。

人生,若要不留下许多空白,唯一的办法是:时时刻刻争分夺秒,永不卷刃、终生战斗。

彩虹的美来自色的汇聚,大海的浪涛来自力的集合。

凭着她的学习斗志,她高考成功了。她以合格的成绩考入了理想的省重点大学。

她终于当了一个名副其实的大学生。她进的是一所省名牌大学的汉语言文学系,脱产两年学习。她所在的这个班是个年龄相差较大的班,是省里重点培养文学写作的作家班。

她最大,同学们称她老大姐。

这个班的学生都刊登过文学作品。他们有写诗的、写散文的、写小说的。这个班是省委书记亲自点名成立的。报考这个班前,省教育委员会要求报考者必须在省级以上报刊发表过两篇以上文学作品,再通过全国成人统一考试方能录取。

四十二个同学四十二条小龙,谁都有一个出众的特长,脑袋瓜儿都很聪明。

孔秀自感年岁大，文化底子又薄，需要加倍努力。她需要实实在在地学习两年文化知识，多读几本名著。

她像一块急需吸收水分的海绵，如饥似渴地学习了两年，必修了十七门大学课程。她还选修了影视制作、红楼梦研究等多门课程。

毕业多少年后有同学说："这位大姐真了不得，全班上课有她，自由复习课有她，晚自习课有她，星期日休息时的教室里还有她。多少年来，我一想起那一间教室，便想起那位大姐坐在那间教室专心复习的身影。"

她以全部八十五分以上的优秀成绩，取得了大学毕业证书。

说是两年脱产，其实，她只脱产了一年。

她刚进校进修一年后，市电台正缺一名文学编辑。市电台人事干部到学校找到孔秀说："你的小说到处得奖，我们打算让你去负责这项工作，不知你愿不愿意？"

那正是上课的课间，系主任在旁边搭话说："你们电台若需要她，就把她的关系调到你们单位，等她在这儿毕了业，自然会到你们单位报到。"好心的系主任替孔秀拿了主意。

"好好好，我这就去办。"热情重才能的市电台负责人事调动的同志，走出学校去办理孔秀的人事档案了。

办好档案两个月后，市电台的文学节目急着充实内容，负责人便找到孔秀商议，是否可以半天工作半天上课。

"可以！"孔秀没犹豫地回答。

"那会很紧张的。"电台人事领导说，"是否先接一部分工作，另一部分让别人先替着？"

"我会克服的。我上午上课，下午上班，我的那份工作全部接过来吧，干不完，我晚上加班。"

"那你的功课呢？"

"我差的课程,我可以抄别人的课堂笔记自己复习。"

"什么时间抄啊?"

"抄完再睡。"

"那会很辛苦的。"

"不妨,我已习惯了。"

孔秀是个不愿意落亏欠的人,不愿亏欠别人的人情账。她认为困难压不倒一个人,车到山前必有路。

况且,她原本是广播室的编辑,对工作内容比较熟悉。她知道这主要是工作时间的问题。

时间紧,她坚信能夺得时间,完成学习和工作的双重任务。她认为,任何困难都是短暂的,不要被暂时的困难吓住,一步一步认真走,一天一天克服,总会闯过难关的。

二十六

孔秀在第二年的两个学期里,已在市电台担任工作了。她的工作是负责安排星期一、三、五、日一周四天的四十分钟文学节目,负责安排周日两个小时的《星期日文艺》。这些节目安排完,要审听、要制作节目的头尾,按时间发放、播出,每年起码出一次差,到其他省会级电台录节目。

孔秀上午照常上学,在大学课堂听课。下午是她半天的上班时间,她虚心地向节目原来的老师学习,边学习边干。她审听节目时,需要在录音机上走带子,带子是大盘磁带,是电台上专用的。若磁带不放好,走脱了,就是大麻烦了,那她就得用手一点点地缠,还容易拧伤带子。磁带里的节目都是提前安排好的,在电视报上提前公布了播出内容,磁带损失了、坏了,到时播不出去,这责任谁都不敢负,谁也负不起。

她认识到这个事情的重要性,打一往录音机上听节目,就注意研究怎么能既听，又保证不走脱带子。她暗暗注意别的同人上带子时的手势、放带子时的方法，集多人优点于自身。她为了走好磁带，掌握好走带子的手法，就用旧节目带反复练习，直至手法熟练为止。她认为一个人如果开始担任新的工作，必须处处虚心学习，需要尊敬领导及亲手教导自己工作的老师，她很感谢电台的各位领导和一起共事的同人提供的所有帮助。在她上学的第二个年头，她能既高分地完成学业，又能圆满地完成工作任务。

大学毕业后，她一心扑在电台文学编辑的工作上。她喜欢文学节目。文学道路是她爱好的路，文学创作是她梦寐以求的。

在她一生中，她干过很多种工作。那些工作只是革命分工不同而已。她始终兢兢业业、争分夺秒地争第一，人们称她是头拉满车干满点儿的小壮牛。

她在绝缘器材厂封过蜡带，用手捏着一盘盘切好的胶布盘儿，坐在一圈儿姐妹中，在大火烧得滚开的蜡浆里，反反正正地蘸着热蜡，一点儿烫蜡溅在手上，那手上就是一个火辣辣的大燎泡。

她顶着烈日，抡着小铁榔头在露天下砸过矿石。火辣辣的太阳晒得她像刚刚用水洗了头发一样。

她忍着严寒冰冻和伙伴们研磨过硕大的阀门。那阀门是生铁的，是化工厂架在空中或埋在地底下的大管道阀门，手被寒风冻得像发面馒头似的。

她当过团总支书记，组织过几百名共青团员"学雷锋看行动"活动。她带领他人帮着军烈属打水扫地，整理房间；帮着集体宿舍单身男同志拆洗过被褥。她曾经收到过那么多感激的目光。

她当过女民兵连连长，在民兵集训中，她甩着两个小短辫，穿着合身的绿色女军装，迈着矫健的步伐，扛着枪，领着步伐整齐的队伍，声音响亮地齐唱："飒爽英姿五尺枪，曙光初照演兵场。中华儿女多奇志，不爱红装爱武装。"

她当过钳工，十七岁进厂，蹬着小板凳，双手端着大锉刀，在老虎钳上，刺啦、刺啦地锉过淬过火的角钢。她嫩嫩的手指被钢锉磨出了水疱。

她在厂里当过记录工，拿着卡表计算着机器的运转率。开机器的职工围观着她，纷纷向她介绍着机器的特点。

她在食堂当过出纳，仔仔细细地数过一沓沓的现金和一捆捆闪着油光的粮票。

她当过印染机上三班运转的挡车工，在轰隆隆的高大烘布机下，码叠过箱箱五彩缤纷的花布，钻在皂洗池里，把一根根沾满颜色的钢管轮子擦得晶晶发亮。

如今，文学创作使她改变了人生的操作台。她从工厂的纯体力劳动，转换到纯文化知识的脑力劳动。她成为一名新闻单位的正式编辑、记者，她是一个名副其实的国家干部。

她喜欢这种工作，这种热爱，更激发了孔秀工作的积极性。

她在电台曾先后负责过《文学专题》《星期日文艺》《曲艺》《长篇小说连播》《评书连播》等节目。电台把录播节目改为直播节目以后，她担任过编辑、导播过《欢声笑语》《今夜星空》《缤纷视野》《家政广场》《消费指南》《健康乐园》《供求热线》《金唱盘》《相会在午间》等节目。

她每天编辑的文字高达六七千字。她一直保质保量地完成上级领导交办的任务，直到光荣退休。

她曾多次被评为优秀共产党员。

她在电台制作的多组节目，曾多次获得奖项。

…………

她用艺术形式积极认真地宣传党的方针政策，为丰富电台节目创造性地增光添彩，用心血和汗水浇灌社会主义精神文明之花，为牢固地占领党的宣传阵地尽心尽力。

她因为认真审听节目，严把政治关、质量关，电台和广播局曾几次转发内部通讯，表扬她工作严谨，防止了事故发生。

在电台，她还注重培养本市文学新人。谁都知道，制作名人名作或本地成功者的节目，得奖率高。培养新人，尤其文学新人，很艰难，得奖率又低，是费力不讨好的事儿。

哪个名人作品不是从零开始的？不培养新人，怎么会有后浪推前浪的大好形势？

平时，正常制作新节目，由于需要做向上级申报、内容审查、费用开支、技术人员配备、播音人员选择、音乐效果等一系列工作，又不能耽误正常工作的进行，自然形成了谁制作新节目、谁寻找名人名作的习惯。名人稿子好播出，得奖率高。孔秀很理解这些同人，费了工夫、费了脑筋，谁不想获得高中奖率，拿大奖，为评职称打基础。

他们有丰富的工作阅历、很高的节目制作水平，孔秀信服他们。

但她也不失个人特性。她重视新人新作，重视本市文学新人，尽管小说短些，诗歌散文水平低些，但只要孔秀认为作品有闪光的地方，她就不怕费力地修改并选用此作品。

她相信，小小的成功，往往可以助力这个青年文学之路的成功。

她得奖的节目中所采用的文学作品全是文学新人的新作。

这些人，当听到自己的小诗在市电台文学节目配乐播出时，有的激动得泪水盈眶，有的坚定了业余从事文学创作的道路，有的以后成了专业编辑，还有的成为文艺领域的领导骨干。

对文学新人能拉一把的绝不能推，能扶一把的绝不能忽视扶一把的影响力。孔秀心疼这些文学新人，她也是从文学新人走过来的。她不愿意看见一个有文学创作热情的年轻人，在她面前丧失美好的希望和理想。

她选的播音者大多是本电台的播音员。她认为，尽管这些播音员是长期播新闻的，但凭他们的音色和努力定能播出好的文学作品。

这是孔秀制作节目的又一特点。她利用本台播音员播出的文学节目，照样在全国文学节目的交换会上拿奖。

孔秀是电台搞创收的先行者。那时，电台搞创收没有提成，没有奖励。她开始为先进企业写报告文学，所得费用全部交给电台。

她认为，自己是这个单位的一员，就应当为这个单位的经费困难着想尽力。孔秀用实际行动来表现，她爱自己的工作，也爱自己的工作单位。

孔秀采写了多篇报告文学并和优秀的企业先行者联手办节目。

孔秀除兢兢业业、扎扎实实、一丝不苟地坚持自己的工作，严把节目的政治关、质量关外，她年年的创收量也居电台前几名，这种情况一直持续到退休。

二十七

孔秀的思绪还在飞扬，大夫进来查问她的病情，看瓶里的液体快输完了，就为孔秀拔针。

孔秀告诉大夫，头不晕了，左胳膊也不疼了。大夫点点头走了。孔秀低头按着拔针处，打算今天就回家。医院已经给她做出诊断：颈椎骨质增生引起的左胳膊麻木，胳膊受影响，但没大碍。正在这时，孔秀的妹妹小君进了病房。

"姐——你好点儿了吧？快出院了吗？"妹妹的快言快语和亲切的面容，像一股春风扑面而来。

"今天就回家，回头再办出院手续。"孔秀感激地说。

孔秀的这个妹妹了不得，能说能干，雷厉风行。曾经和她相处过的人，好像谁也不会相信她还能遇见什么难事、她还会有掉泪的时候。因为她的眼睛总是那么亮晶晶，让人感到，日常的是是非非肯定会被她看得清清楚楚。在她那小小的五官端正线条分明的脸上，总是洋溢着一种心中有数，从容不乱，能独当一面的成熟美。

只有做姐姐的孔秀知道，她的妹妹小君，这些年过得也并非一帆风顺。

记得妹妹高中毕业那年，正赶上国家上山下乡运动刚结束，能分配个工作就不错，但她的工作和理想也差得太多太远了。为此，她曾伤心地掉过泪。

同学们也没估量到，她会被分到蔬菜公司所属的一个加工厂。不光她个人认为，她的同学也认为，那次工作分配谁的单位都比她强。

她学习好，在班里拔尖儿。她舞蹈跳得优美，是全市学生会文艺队长。每到上课不那么紧张时，她常常被老师叫去排节目，到各校演出。她和另一个同学穿着牧民服装，在台上表演的牧羊小姐妹，舞姿翩跹，惟妙惟肖。她的乒乓球还打得格外好。她穿着花花裙儿，轻盈的身体在地面上飘来飘去，雪白的小手拿着球拍，在空中与白色乒乓球左左右右地组合对接，赢过不少参赛者。

妹妹小君和弟弟小林同在一个班，同一年毕业。在班里，小君一直很优秀。小林则学习平平。

学生们毕业后，在等待分配工作的那一天，各单位派人到学校门前接人。老师念一批，学生随单位接的人走一批。若老师念完，单位还没领走的学生，就在门前等着接受单位来人。

她弟弟小林所在单位来的不光是人，还跟着小轿车。

小轿车在那时可是上档次的，很耀眼。那个厂是天津刚刚搬迁过来的。厂子在当时也是市里比较出名的大厂，弟弟乐呵呵地坐着小轿车，在众多同学眼前"飞"走了。这个厂离家和学校都很近，更让同学们羡慕不已。

孔秀的妹妹小君等啊等啊，等着自己的新单位来人。

同学们大多都知道自己被分到什么单位了，有自我兴奋的，有埋怨所分单位不好的，叽叽喳喳乱成一片。

有人说："我的那个厂子不大呀，倒没脏累活儿。"

有的对所分厂子没别的意见，就是离家太远了："今天有车，改天上班可就没车接了。"

也有同学说："我那个新单位行啊！是个商店！可大啦，当售货员不错，我愿意当售货员。"

…………

同学们都快走完了，学校门口才开进一辆破得车厢乱颤的大卡车。卡车像刚拉过货的，货还没卸干净呢。货上面也留下了明显的痕迹，是大白菜。有一些白菜帮还散落在车上，车上还有两个男装卸工，穿着一身蓝粗布劳动服，上面还戴着一个油花花、脏兮兮的隔水围兜。他们每一个人手里支着一个像簸箕似的大铁锹，一看，就知道是清除车上菜叶子的。

坐在司机旁边的一名戴军帽的人没下车，从车头窗口里，伸出长脖子大脑袋高声长调地念了十几个人的名字，然后，用眼神急匆匆地往车后一示意说："刚才念到的同学，都赶紧上车！"

"您是哪个厂子呀？"被念的人向那人打问。

"不是啥厂，是公司。这是蔬菜公司。名单上的人快上车吧。"

"这……"，被念到名字的同学目瞪口呆。他们互相失望地看看嘟囔着问："没听说这次有分到蔬菜公司的啊。"

"老师呢，老师上哪儿啦？"有人在寻找老师的去处。

老师查查名单说："对！是这几个同学分到蔬菜公司下属厂。干什么工作不是为人民服务？干革命工作没高低贵贱之分，哪儿好、哪儿不好哇？咱们这批同学中最好的同学都分到这儿啦，还不赶紧上车报到？"

老师指的最好的同学，就是孔秀的妹妹小君。被点名的同学没话可说了，不情愿地爬上留有白菜帮子白菜叶子的大卡车。孔秀的妹妹小君当然没有理由分辩什么，低着头无声地跟着上了大卡车走了。

长得再好的女孩儿，到了这个厂，也分不出好坏来。因为人人都穿着没有腰身尺寸的大帆布工作服，个个都戴着一样的蓝劳动帽，清一色地捂着个大白口罩,双脚都蹬着大高勒胶鞋,手里统统拄着一把大铁头笊篱。他们干什么呢?在一人高的大瓦缸中间,来回捞大萝卜咸菜,一笊篱几十斤重,左缸里捞到右缸里,前缸里捞到后缸里,一缸捞满就可劲儿地撒上大把大把的大盐块儿。

上百个缸的大萝卜咸菜,等着他们来回倒。

已经捞完的缸里,有的长满了蛆虫,那一条条大蛆虫简直大得吓人,连头带尾巴足有二寸长,到处乱爬。

这是个咸菜厂。刚分配到这个厂的十几个男女学生,就分在这个腌大白萝卜、腌大疙瘩头咸菜的车间。

领导还派了一个带班的,专门盯着他们干活儿。偌大的院子里,一排排又高又圆的大缸,从东排到西,又从北排到南。

孔秀的妹妹小君个儿不高,他们中几乎所有的女同学都不如缸的个儿高。这些刚来的女孩子蹬着小板凳,挥着大铁笊篱,把正腌着的大白萝卜捞来捞去。她们两手举着的胳膊都肿了,可谁也没有说一声累。

监工的大汉,瞪着大牛眼直喊着干得稍慢的人的名字,促使她们赶快往前赶,别落在别人后头。有时看有人赶不上趟了,这监工便走在干得慢的人跟前,更正一下动作,一边更正,一边嚷:"你们洋学生都歇懒了,这像干活儿的样吗?"

"用肩膀吃力,甩什么小腕,那能使多少劲儿。"

"动作快点儿!一缸咸菜倒多长时间!"

"蛆,蛆有什么可怕的,咧什么嘴,赶快倒!倒完这院的,换个地方,要不都烂了,谁负得了责任?"

"像你们这样的,欠让你们到庄稼地里干三年,要不让你们进煤矿,钻到半阴半阳的煤窑里,挖煤去!"

他是为这一群洋学生着急出力,怕他们长歪了,白吃了国家粮食不成才。

妹妹小君的话少了，走路也不一蹦一跳了，见人把头一低。她在家做饭洗碗干家务活儿时，邻居们也听不到她那优美动听的歌声了。

她常常是含着泪，干完一天的活儿。胳膊累肿了，腿站肿了，眼睛也哭肿了。但这也让她坚定了复习功课、重新考学，争取学校二次分配的决心。

市里要举办乒乓球赛，有知道妹妹小君乒乓球打得好的同学举荐她去。那个监工一百个不耐烦地说："捞大萝卜咸菜去吧。我这个车间就出大萝卜咸菜，不出打球的。"

厂领导亲自做了几次工作，才把妹妹放出去参加市里乒乓球赛。妹妹给这个厂捧了个比赛第一名回来，高兴得这个厂的厂长眉飞色舞地说："你别回大咸菜车间啦！到科技组吧，研究研究味精新工艺。"

又过了一年，妹妹考上了大学，大学毕业后分配到市五金站当会计。

她打起算盘叭叭地响，又快又准。她的账本一沓沓，都清清楚楚。每到月底、年底对账，她的账从来一分不差。她早来晚走，爱说句公道话，领导群众都挺佩服她。时间不长，她升为财务科科长，一个人一间办公室，手下管着四十多名会计。

二十七岁时，姐姐孔秀为她搭桥，经一对热心而善良的夫妻撮合，成就了幸福的婚姻。

妹夫是位才华横溢的有志青年，尽管他当时还是一位在外地的四川籍大兵。但他在两年的服役中，就为本连队写过多篇通讯稿，还入了党。第一次给妹妹留地址时，他那字写得工整娟秀，让妹妹动了心。再加上，他人长得也很帅气，大脑门、大眼睛、大高个儿，很白，帽徽和领章红闪闪的。妹妹说："他若是个干部，就更理想了。不过，哪有十全十美的，我就求个人吧。"

孔秀妈妈为妹妹担心。一天，找到孔秀说："听说你妹妹的对象是你给介绍的？"

— 166 —

"是。怎么啦，妈？"孔秀看见妈妈来，很高兴。那时，她还住半间九平方米的屋。她把床平整了一下，示意妈妈坐。

妈妈自爸爸去世后，头发白了不少，脸上的皱纹也增多了。自爸爸去世后，妈妈在市烟酒批发部上了班。由于妈妈工作认真，管库员责任到位，四十五岁时，已由临时工转成正式工。孔秀妈妈的领导对她说："别看你有七个孩子，可没老伴儿了，这日子就不好过，把临时工作改成正式工作，你自己的生活就有保证了。"

那位领导看得很准，儿女有也不如自己有。况且，那时，儿女找个工作也挺难。孔秀妈妈每次领了工资就交给妹妹小君去管家。妹妹从十四岁就担起了家庭重担，穷家难当。妹妹担负这个少吃没穿的家，也没少为这个家操心、费力。就比如粮食吧，不够吃，没地方买，也没钱买。妹妹十四岁就常常蹬着自行车来回七十里路，到县城二姨家找粮食去。

妈妈担心妹妹找个四川人，一复员，妹妹再丢了现有的工作和家人，和他也回四川去。北方人到南方，人生地不熟，吃饭也不是一个习惯，空气又湿又潮受不了，家人也帮不了，迢迢几千里，妹妹那小身子骨……

孔秀对妈妈说："如今，男方到女方工作地安家也可以，咱市里人，不讲这个。"

"咱这城市里，工作也难找啊。待业青年那么多，他户口一回四川，还好找工作吗？"妈妈的担心是有道理的。

"这个问题我告诉妹妹吧，但婚姻大事还要她自己定。"孔秀笑笑。

想当初，孔秀的婚姻就是妈妈给定的，结果，婚姻失败。孔秀也深知第一次婚姻的重要性。

孔秀的妈妈在大女儿不幸福的婚姻上，负有不可推卸的责任。一说到这个婚姻问题，妈妈眼眶里就满含泪水。孔秀知道，这是妈妈心疼女儿。她在怪罪自己的错处，不该给女儿过早地定下婚姻。女儿婚姻不幸，自然时刻牵动着母亲疼痛的心。

孔秀的妈妈过了一会儿说:"因为你的家不如意,我再不敢给儿女做主婚姻了,我只是怕你妹一时拿错主意,铸成大错。"

妈妈说得有道理。一个大兵到底还没有提干,没提干就有回四川原籍的可能。若是真回了四川,妹妹怎么办?有了孩子又怎么办?四川,那么遥远……

"我把这意思和妹妹说吧,话说到,大主意由她自己定。"

过了两天,孔秀对妹妹说了妈妈的意思。

妹妹是个很有头脑的女孩子。她听了姐姐孔秀的意思,思索了好一会儿,说:"你和妈都放心吧,这次主意由我自己定。他有才能,我就喜欢才能,崇尚才能。这谈不上冒险,我们再见几次面,如果没变化,谈得来,我就和他成。不论成家后,他是回四川还是留本市,我都跟定了他,我跟他走。我自己的终身大事,我自己负责,将来过好过坏,不会埋怨咱妈,也不会埋怨你这个大媒人姐姐。再说,我和他结了婚,他就可以不回四川了。"

半年后,妹妹结了婚。婚后时间不长,妹夫到陆军学院上了学,后留校做了教员。妹妹没看走眼。

妹夫是个农民的儿子。他的世世代代都在农村,在那个几千里以外,坐三天三夜火车、一天汽车,再步行四个小时才能到的四川偏远小山村。

妹夫祖上有些薄田,每一代还出个读书人。他的叔叔就是一位老革命干部,他这一代里,他是个佼佼者。

妹夫高中毕业时,在他的第三次要求下光荣入伍,终于穿上了中国人民解放军的军装,从遥远的南方来到北方。他担任了两年陆军学院的教员后,又考进解放军政治大学去深造。

妹夫和妹妹还培养了一个如花似玉、北京某艺术学院的高才生,如今,刚从英国留学归国。

和妹妹小君同班高中毕业的弟弟,那位在毕业同学眼中羡慕不已的、坐着小轿车到厂报到的弟弟小林，自分到那风风光光的大厂子以后，还真是风风光光地过了好几年。

弟弟小林是个俊俏的小伙子，他勤快、善良、纯朴，干工作有一股不要命的冲劲儿。

他们厂技术工作多，他一去就分到这个厂最优秀的车间当车工。

小林三年学徒出师，因工作出色，曾戴过好几次大红花。他车床上出品的机器零件，三年没出过疵品，完成的任务量在全车间居第一。有次车间赶任务，号召职工加班，却正赶上春节，大过年的谁家能没事？弟弟自告奋勇，七天七夜没回家，终于如期完成了任务。他被评为全厂先进生产者，后来成了市先进生产者、市优秀共青团员青年会议代表。

有些机遇，人一生只遇一次。抓住了，就有了，抓不住，就永远没有这个机会了。

从来，机遇是为有准备的人准备的。

孔秀的妹妹高中毕业后分到蔬菜公司下属一个副食厂，她在厂一边工作，一边复习功课，高考成功，入大学深造。她抓住了年轻人学习的机会，给自己的人生道路来了一个大转折。

弟弟小林就没抓住学习的机会，他满足于风风光光的厂子，他只有自己风风光光的青春年华。

市里批了指标，要送这些市先进青年到清华大学读书。

厂里通知小弟到市教育局拿通知书，那是工农大学生时代。

弟弟说："下班吧，车床上还弄着零件呢。"

下班去拿大学通知书，教育局值班干部说："清华大学的通知书都拿走了，只剩下地质学院的了，你考虑去不去，要去上午拿通知书吧。"

弟弟犹豫了一上午，下午四点下班再去拿，没了，让别人全拿走了。

通知书上不是有我的名字吗？怎么最后没我的份了？弟弟一着急，一上火，大病一场。病好后，落了个头痛病，想复习功课，都不能费脑筋了。

— 169 —

从此,他还继续战斗在那台曾经闪光的车床前,兢兢业业、扎扎实实地当着好工人。

一干就是三十年。

弟弟的心,弟弟的力气,全扑在那台曾经闪光的车床上。

不少人下海经商了,富了。弟弟舍不得离开厂,老老实实与厂子同甘苦共患难。再说厂领导也偏护这些有特长技术的老技工。待有生产任务时,不犯愁。只是没钱给他们发工资和奖金。

1996年,发了大水,这个厂实在支撑不下去了,解散了这部分老技工。一次班前会上,车间主任念了几十个人的名单后说:"这些人先回家休息几天,以后厂子有活儿了,再找你们回来吧。"

就这样,厂里最后的这些爱厂如家的老技工也下岗了。

会刚散,一些人便说:"我们要知道是这样的下场,早下海发财了,就是不发财,年轻人有力气,也不怕饿肚子。如今,年老了,手里也没资金,你们这才公布厂子不行了,念一下名单,让我们走,啥也不说,多狠心!"

"走就走,不走也没人管饭。"一个个头发半白的老技工们心里清楚。

连厂领导人的饭也没人管。

有的厂房贴了封条。

弟弟没料到自己是这个结果。他青春的年华,三十年的汗水,都撂在那台先是闪光、后逐渐掉了齿牙的车床上。他在这个车床上,用心血制造出千千万万的高质量零件。

他一言不发地离开了厂,离开了那个一生自以为全厂最好的车床。

失去了工作,他像失去了大脑,失去了路。他的脚步混乱,一路上,他就像踩着一团棉花团儿走路。

后来是怎么进的家,他已记不清。他只记得自己什么话也没说,就一头扎到床上，蒙着被子一连躺了三天。

孔秀的弟妹是通过同宿舍人得知丈夫下岗的消息的，她想了很多生存之法，想让丈夫干个小个体。她看摊煎饼馃子能赚钱，本钱也不多。她想让他出个摊儿也干这个，弟弟觉着脸上过不去。

孔秀希望下岗的弟弟振作起来，赶快找一个适合自己工作的活儿来养家，但，谈何容易。

孔秀连找几个朋友，想让别人给弟弟帮忙，都扑空了。

也许是弟弟有福气，市电视台里少一名维修工，经面试，正合格，弟弟又上了班，过了这次难关。

二十八

在那间十二平方米的小屋里，孔秀的女儿和两个儿子，都先后考上了大学。她和三个儿女把一张圆桌放在仅有的空间内，孩子们下学都先写作业，然后，这张圆桌就变成了工作台。

她和三个儿女，在这张圆桌上，日日夜夜紧张地焊接黑白电视里的电子元件。有一个小集成块，这一个集成块上有二十五个焊接头，用电烙铁和焊锡，一个接头一个接头地焊接。焊完，再统统地检查一遍，看是否有虚焊。

焊一个这样二十五个焊接头的集成块，加工费是两角钱。焊够一百个，交一次货。交完货，再取回一百个加工的原材料。

孔秀在一次深夜焊接头时，接头需要刮一下，她由于瞌睡，眼睛有些模糊，不留神，手指被剪子划了一个大口子，血一时顺着手指滴滴答答流个不停。孔秀没叫醒身边的儿女，就按着伤口向医院跑去。

她这是有生以来，第一次因为自己的病，深夜往医院跑。

她这一生，深夜向医院跑的次数，起码也有上百次。她每次跑的速度，都不亚于百米赛跑。

小时候，从她记事起，弟弟妹妹半夜一有病发烧，妈妈就抱着孩子，让她跟在后面，背着小布包，向医院跑。

妈妈说，孩子一有病，千万别耽误，要马上找医生。妈妈每次从医院回来后，若是孩子发烧，都是先让孩子吃医生给的药。孩子不吃，妈妈就让小孔秀捏着弟弟妹妹的小鼻子，妈妈用小勺把药用水化开硬灌。

然后，妈妈再用民间验方治疗。她用铜制钱或五分钱硬币，蘸着香油在弟弟妹妹的手心、脚心、胸前心、胸后心，从上到下地刮呀刮呀，妈妈说，这样做是让体温先降下来。

在饭食上，妈妈还把喝白萝卜汤、梨水放在吃饭前边，她绝不让生病的孩子出去玩。妈妈特别强调，有病了千万不可累着了。她说那种"生命在于运动"的口号是喊给健康人的，否则，医院早都把病床搬走，改成体育场了。人有了病，首先要在床上多休息才对，若累着了，会减弱抵抗力的。

妈妈平时文弱得很，一生没听见她大声地说过话，大声地笑过。可以说，她一生是默默无闻地养活了七个孩子，没享过一天福。可是，只要她发现哪个孩子生病发烧时，她就会立刻像换了一个人，手脚利索，紧张地忙来忙去。

爸爸在铁路上担任客车上的列车长，大多数时间都不在家。弟弟妹妹生病常常在夜里，孔秀就常常半夜里，抱着布提包，跟着妈妈往医院跑。布提包里盛着水瓶子、手绢、毛巾、手纸、钱包等物。

后来，孔秀有了自己的儿女。

孔秀的长子和女儿小的时候，是住在厂里宿舍的。儿女一有病，也是先发烧，往往也是在半夜。于是，孔秀也像妈妈带弟弟妹妹夜间上医院那样，只要一摸孩子的额头发烫，就顾不得别的，裹起孩子就往医院跑。

常常是孩子发烧就要输液，于是，她就抱着孩子办手续，再坐在床上，把孩子抱在自己怀里，让一滴一滴的液体输进孩子小小的体内，一小时，两小时，三小时，四小时……直至输完液，她才会挪动身体，把孩子抱起来，再给孩子喂了药，摸摸孩子额头退了烧，才放心地抱着孩子回宿舍。

除了焊集成块，孔秀和三个儿女还印名片，这种活儿也是在那十二平方米的小屋里完成的。

那台印名片的机器，是全家紧了几个月的菜钱，由孔秀的两个儿女到北京王府井大街买回来的。学校放假期间，小儿子在印名片处做学徒，学会了，教给全家人使用。

小小的名片虽说小，但和印刷厂其他印刷品的制作工序是一样的。字排好版以后，再咣当一下，印一张。一盒一百张，就咣当一百下。印完，分开晾，防止油印摩擦。油印干了再整理好，分别放在透明的白塑料名片盒里。

如果赶上市里开糖酒会，订的名片多，一夜可以印十几盒。

当然，不能一个人印。因为第二天有要上班的、有要上学的。夜里印名片时，每人印两三个小时，轮流值班干。

他们的印名片的大木牌子，在无线电元件门市部商店门口挂着，是经过正式手续申报的。门市部的法人，是孔秀的女儿小菁。

孔秀的女儿小菁从小吃了不少苦，女儿六个月上，就遭遇了一次生命危险。她是个苦大、难大、命也大的小女孩儿。

在她六个月大时，小头皮白净白净的，还看不到头发根儿的影子。她白白红红粉粉的脸蛋，大大明明亮亮的眼睛，高高细细长长的鼻梁，鼓鼓嘟嘟端端正正的小嘴，哪儿长得都让人喜欢，让人爱，可就是头皮白白的，不长头发。

头发也是人体重要的一部分，何况，是个美丽的小女孩儿，不长头发怎么行?

孔秀听人说,孩子六个月以前如果还没长头发,就找个好理发师用剃头刀细细地刮一次,然后,天天在孩子头上敷两次鲜姜水。

孔秀决定试试。她抱着孩子找到石门子市最好的老理发师,给女儿细细地剃了一次头。剃完头,孔秀从提包里掏出帽子,给孩子戴好了再往门外走。

谁知,刚出门,一不小心,门帘却把孩子的帽子挂了下来。偏偏正赶上呼的一阵冷风吹来。此时,正是阴历十月天气,冷风使孩子立刻打了一个寒战。

那天夜里两点来钟,下夜班的工友刚刚吃了饭,洗漱完毕,关了灯休息。孔秀听到女儿吸气、呼气的声音异常。女儿呼气吸气时声音很大,大得让人胆战心惊!她便赶忙起身,用小被裹住孩子就像跑百米一样,向省医院跑去。

夜深人静,偶尔也有稀稀拉拉的行人。人们看见她抱着孩子跑,都会不自觉地站住,盯着她那抱孩子的身影看一会儿,嘴里还自问自答:"这是出什么事了?大概是给孩子看病吧。"

孔秀这次真跑对了。急诊室的医生对很多围着她的病人说:"快躲开,这孩子是急性喉炎,有生命危险,要马上抢救。"

立刻,急诊室里众多的人自动让开了一条道。医生给孩子打了五针抢救针剂,最后,大夫又吊起输液瓶,给孩子输上液。一切就绪了,大夫松口气,关切地对孔秀说:"看你满头大汗,上气不接下气,是跑来的吧?"

孔秀点点头,含着泪水感激地看着为抢救自己女儿忙活的医生,问:"还有危险吗?医生。"

"输着液继续观察吧,十二小时以后,才能看出是不是出了危险期。这是个孩子,你又送来得快,若是大人,早完了。你想,一个人喉咙被堵住了,不能呼气了,能坚持多长时间呢?"

— 174 —

孔秀真后悔为了孩子将来能有一头好头发，而险些害了孩子的小生命。她看着孩子还有些呼气、吸气困难，心里一阵儿一阵儿刺痛。孩子平躺在她的怀里，药液一滴滴输入孩子的头部血管。"快好了吧，我的孩子，你要有个好歹，妈妈也不想活了，都怨我，让孩子受这个罪。"她的眼泪一滴滴地掉在孩子的小脸上。

几个小时过去了，两大瓶子的药液一滴一滴地输在孩子的血管里，孩子的呼吸也在输液中平稳了。

医生在给孩子拔针时说："难道就你一个人吗？孩子躺在你腿上，输了这么七八个小时的液，你连动也不能动一下，腿麻了吧？快起来走动走动吧。"

孔秀低头不语，然后，她抬起头来，用十分感激的目光目送白衣天使的背影远去。

她能说什么呢？

孩子的父亲在农村，只她一个人在城市。她给女儿来看病，她的大儿子一个人还在床上睡呢。临出门时，她把儿子托付给同屋同事。天亮了，儿子还不知道如何呢！

医生告诉孔秀十二小时以后继续输液，连输三天。别着急了，孩子脱离危险了。

"啊——脱离危险了！"孔秀终于松了口气。

女儿一直熟熟地睡着，只是呼气的声音比刚来医院时小多了。

孔秀抱着孩子拿着药，背着那个盛着奶瓶子、水杯、饭盒等物品的大背包，急急忙忙地往回赶。路上，她正碰见去赶着上班的一个同事，拜托他和领导说一声，自己要晚去一会儿，原因是孩子病了。

孔秀进了宿舍，四岁的儿子正在偎着被窝等妈妈。儿子一见妈妈抱着妹妹进了屋，光着小身子一下就扑到妈妈怀里哭了："妈妈，我等了你老半天了，妹妹的病好了吗？"

儿子因为营养缺乏,大头大脑门儿,细细的脖子暴着青筋。只有那大大的眼睛,鼓鼓的小鼻子,圆嘟嘟的小嘴,让人联想到这是个多么聪明、俊秀的小男孩儿。

"别哭别哭,妈妈给妹妹吃了药,就给你穿衣服。"

孔秀在公共的大煤火炉上,煮了点儿挂面汤,切了些葱花做菜码。她赶紧让女儿吃了点儿奶,喂了些挂面。她自己和儿子也各吃了一碗挂面汤,便匆匆忙忙把儿子送到幼儿园,把女儿送到托儿所。上午九点钟,她要赶到单位继续上班。

下午下了班,全家三口人吃了饭。孔秀便抱着小的,拉着大的,一起到医院给女儿输液。

女儿终于闯过这一道生死关,三口人又开始有了笑声。

二十九

后来,孔秀的女儿小菁当上了姐姐,她带惯了两个弟弟。

早上去上学,她带着两个弟弟,先把他们送进托儿所,然后自己再进校门。

晚上下学了,她拼命向托儿所跑去。阿姨常向孔秀说:"你家闺女,是每天第一个来接孩子的人。只要学校下课铃声一响,她准是第一个向这里跑来的。"

下学路上,她甩着两条细细的小黄辫,小苹果脸上显现出大人的成熟。她像个小指挥员,率领着两个弟弟,蹦蹦跳跳地向家走去。偌大的书包压在她肩膀上,她不以为然。

事实上,女儿带弟弟们上学,可不是件容易的事儿。

孔秀那时上班是厂里的三班运转,每当上后夜班中间有顿饭该吃时,孔秀总是替别人班,自己不吃饭。天亮了,她才用吃饭时间回家一趟叫醒三个孩子。

孔秀上班中间的吃饭时间只有半小时，她路上来回就得用去十五分钟时间，她用蜂窝煤炉子做饭。时间只够煮点儿挂面，或者煮点儿玉米面粥全家喝。

孔秀把饭做好，慌忙叫醒孩子。自己只是吃几口饭，就得赶快往厂里赶。

女儿要负责给两个弟弟穿衣服、洗脸、盛饭，吃完饭再带着两个弟弟上学校。上学的路上，仨孩子需要走十几分钟路程到学校。他们需要穿过三条大马路，尤其是早上，正是上班上学的时间，路上的汽车拥挤，自行车、小拉车以及人推小竹车都在抢路急赶。她拉着两个弟弟，小心地穿过一个又一个乱哄哄的街道。

两个弟弟很听话，他们跟着姐姐上学、下学，跟着姐姐买菜、打酱油、压面条。学校组织积肥活动，姐姐也领着两个弟弟参加。她端着个小铁簸箕，两个弟弟提着小扫帚、小铲儿，跟在马车后面跑。他们一边跟着马车跑，一边盯着马尾巴看，只要看见马尾巴往上一翘，他们就高兴得呵呵地笑。因为，经验告诉他们，马尾巴往上一翘，他们就能完成学校交给的拾粪任务了。这是一座城市，马车不是很多，谁要完成任务，谁就能得到劳动小红花，上班里的光荣榜。

两个弟弟学习很好，大弟弟聪明伶俐，可以说一目十行，过目不忘。从小学四年级起，他就开始看《西游记》《水浒传》《三国演义》了。虽说那时，他识字不多，可他能看懂，并能把一些精彩片段给同龄孩子们讲出来，还能讲得绘声绘色。不少孩子晚上围着他，让他讲故事，他成了附近宿舍孩子的小头领。

姐姐也发现大弟弟特爱拆表、拆锁玩。孔秀不干涉。她说："让他琢磨吧，安不上零件再找人修。"她认为这是孩子对机械的探索。大人若是一干涉，就会打击孩子的积极性。

于是，她家的表常出毛病，锁也换了很多把。钟表坏了，全家就听小喇叭广播。那时候，家家都有个小喇叭。每天早晨六点半时，小喇叭里准时开始唱《东方红》；中午一点钟是长篇小说、评书连播；晚上吃饭以后一般人家不敢听，因为孩子们这时间要学习、要写作业；晚上九点半，小喇叭停止广播。

孔秀女儿大学毕业后开无线电商店时，她的大弟弟下学后就帮了她大忙，他帮她修电视，修电扇。他没学过什么专业课程，却爱钻研。大学毕业后，他在广播电台工作两年，利用业余时间攻读了研究生学位。

当年，孔秀大学毕业时，她的女儿也大学毕业了。那时，她的两个儿子一个上高中，一个上初中。孔秀认为，女儿将来要结婚成家，两个儿子将来要上大学，光靠自己的工资是办不到的。城市的改革帷幕已经拉开，当儿女有了知识后，孔秀认为，儿女们应该认识社会改革方向，知道市场经营方式，学会自力更生创业，凭自己的双手养活自己。

孔秀决心带着儿女们，闯一闯这个陌生的领域。

有一个门市部邻居老大爷，曾经手指着那个无线电门市部，对歇凉的人们说："你们知道这个门市部是谁开的吗？是一个女人带着仨孩子开的。"

的确，这个门市部是以孔秀女儿的名义开的。女儿平时盯着，她的两个弟弟利用课余和假期时间帮着干。孔秀有空闲时，自然也盯在那里。孔秀和三个儿女整干了两年，这两年，他们早起晚睡，自力更生，除了女儿专职外，全家都一心扑在门市部的活儿上。女儿认为她出嫁的钱挣到了，两个弟弟上大学的学费也有了，恰在这时，女儿认识了如意的男朋友。男朋友也不愿意让她再干个体，她就收了摊儿，考进了一家报社，当了正式记者。

孔秀的女儿无论干什么工作，都有个认真、肯学的习惯。她负责的报纸版面在全国新闻版面评比中，得过优秀奖。她的文章也几次在上级政府组织的评选中得奖。

孔秀的女儿说，小弟弟比我们强。

小弟弟从小爱干净、爱学习，还画了一手好画。他学画没有专业老师指导，全凭自学。

他的头发从来都梳得整整齐齐，上学或出门前，他习惯性地在大衣柜的镜子里看，把头发梳整齐，把衣服平整好再出门。

他的字写得很工整，老师说他懂事，善解人意。

他从不张狂。从小遇见什么事，他声音很小的几句话，便能让别人一场撕扯不开的纠纷平息下来。

他很有审美眼光。孔秀和其他孩子的衣服、帽子、发型等，好不好都愿听他的意见。

老师一开家长会，便指着黑板说，这黑板上的美术字和画，都是我的学生画的，老师的脸上放着光彩。

家长们也相互打问，这是谁家的孩子？孔秀自己脸上也有光。

这个孩子大学本科毕业后，在金融企业任文字秘书。他的文字水平和写作水平，在学校都已得到验证，在工作后得到发挥。

他小学三年级时，因为一篇优秀作文被一家全国少儿报评为二等奖，得过一块红莲花手表。

那年，市工商局接受一批采写企业家的报告文学任务，一个月内需要采访十三名做出贡献的知名企业家，写成高水平的报告文学作品，每篇文字要求在三千至八千字之间。这十三名企业家分散在市内和十来个县里。这么大的工作量，一个月完成，急得有关人员团团转。有人出主意了："你到市电台找孔秀吧，她家都是文化人，她全家都是'笔杆子'。她要是全家都动员起来，保准能完成任务。"

这个工作人员找到电台有关领导商量，电台领导很支持地把任务交给了孔秀。

孔秀用七天时间，跟着车一天采访两个人，回来把采写记录往桌上一放，对孩子们说："这是十三个人的采访记录，希望你们晚上都加班赶紧写出来，形式是报告文学，三千至八千字。"

孩子们理解妈妈的难处，都点点头。

孔秀一个月交差了，十三篇报告文学保质保量地交给了有关领导。领导看看写作水平，高兴地竖起大拇指说："真行，真赶出来了，写得篇篇都是感人泪下的真实故事。"

这十三篇中有九篇文章是孔秀的小儿子写的。

四个儿女德才兼备，是儿女的努力，也是孔秀一生付出的结果。

他们都很孝顺。对此，孔秀很感激儿女。

然而，矛盾也是有的。这些矛盾使孔秀常常暗暗掉泪，却无法调和。

儿女个个聪明清秀，工作兢兢业业。他们在改革开放新形势下，个个成功，是人们赞不绝口的优秀青年。

他们顾工作多了，也愿意让自己的母亲追赶形势快些，生活习惯尽快适应新形势发展，毕竟人落后了，生活习惯陈旧了，就叫人看不起。

他们用他们适应形势的速度和能力去要求母亲，于是就产生了老少代沟。而孔秀本是尽最大力量适应新形势的人，却还总是被认为是落伍者，让儿女有时失去耐心。

他们从来不认为她老。

更何况，四个儿女，总不能同时疼爱。家中亲情不平均，自然会导致儿女心理不平衡。

孔秀是个很敏感的人。在这点上，她承认力不从心。

她认为，反正都是我生的，也都是吃我的奶长大的。谁离得我近，我自然关心谁就多一点儿，尤其在婚姻和工作日常生活方面。

对于关心少一点儿的儿女，她总产生一种歉意，也心甘情愿地接受一些埋怨。

但是，老人对后一代的担心，变成语言，又会变成一种唠叨，让年轻人反感。

这大概不光是孔秀一家人的矛盾，这是个社会问题，家家都实际存在着的矛盾。

人的意志是不可强求的，就说孔秀的大儿子吧。他和他的妻子大学本科毕业后，都同时在某军属单位任高级工程师，两人干得很好。他们同在一个部队，办公室门对门。以后他们又一起改成文职，部队还在北京城内分给他们一套两室一厅的居室，每人每月两千多元工资，这在20世纪90年代，收入算是很可观的。由于工作需要，他们像双飞燕一样，一同住新疆、入西藏、驶东北、进云南、踏热河、飞珠海。每到一处施工现场，他俩便从设计图纸开始，从土建、安装、设备、装饰到全部工程验收完毕，他们都全部承揽。在他们手中，一处处大建筑平地崛起，一座座中外合资的摩天大厦拔地而耸立。

后来，他们突发奇想，想自个儿下商海搞企业。上级领导知道后，连连摇头。

"那我们就退伍吧。我们参军也到了年限。"就这样，他和她一起下了海。在商海中，他们去实现自身价值了。

下商海绝不是什么人都可以随便成功的。

孔秀的大儿子，是从农村里的一个小作坊做起的，就是说，是从零开始的。

当时，他们刚成家，手里也没有多少积蓄，满打满算四千元。他们来到了石门子市的开发区，这是他土生土长的地方。他要把十六年学的知识，在部队中边防基建与沿海改革开放实践的经验，以及人生积累体察的智慧与汗水，铺洒在这片生育他的家乡土地上。

创业，谈何容易。

首先是人们的议论，就让他难以承受。

"啥，上了这多年大学，又要回家咧？这穷地方，图啥哩？"

"在北京多好，又有楼房住着，干吗偏往回跑，享不了那福咧？"

"一个月几千元的金饭碗不端，硬要扔了，回这土坷垃上刨食，天下这类人真少见。"

在事业上，他们更是经历了艰难。

他们回来是带了两项开发项目的，却由于地域差异而流产。

偶然的机会，他接了一个同学的电动机修理的业务。

他拆开电动机，摸清了线路的故障。他整整跑了两个月的承揽业务，这是他第一次找到活儿干。

虽说，这不是原来的计划项目，但他的业务项目却从此有了进展。

创业的生活艰难得很。

他和妻子坐在一张硬板床上，共围着一个棉被，他们依偎着度过漫长而又寒冷的冬夜。

亲戚朋友，甚至连分居的父母也没料到，他们会丢开那么好的条件归乡游商海。

"如果感觉下海艰难，他们也许会走的。"

"下海不是那么容易的，在海边蹚蹚水算了。真要往海的深处游，那得是破釜沉舟时走的路。他们还没被逼到那一步，他们肯定一遇到困难，就会回心转意的。"

家里人，外面人，都在观望他们。大伙儿都估量着，他们会很快回转进京的。

其实，他们没有言明，也没有豪言壮语，他们只在心里立誓言。他们在暗暗下定决心，不干成功，决不罢休。

奋斗了八年，他们终于成功了。公司的业务已拓展到全国二十多个省份。

三十

常言说，日所思，夜所想，就产生梦。

孔秀一生做过好多梦，那大概就是人常说的"日所思，夜所想"的缘故吧。

但有个梦，奇怪得很，孔秀常常重复做这个梦，而且，这个梦几乎伴随了她的一生。

一个梦，就是小时候在那个小乡村，跟着同院的小莲去一个小小图书馆看了一本连环画册。画册上画的是一个孩子为救一列开过来的火车，把火车轨道上坏人放的大石头推走的小英雄故事。

那天夜里，小小的孔秀好像就变成了那样一个献身救人的少年。她不是把放在铁轨上的石头推下去，让火车安全通过，而是当她推下大石头后，火车呼的一声把她带走了。她迷迷糊糊地走着，在一座开满鲜花、结满山果的山上，看见了一位长得像墙上贴着的画似的仙女，慈祥地对她笑着说："你怎么来啦？快回去吧，你的家人还等着你呢。"说完，慈祥地点点头，一笑，没了踪影。

孔秀常常是心一惊，醒了。

第二天，小小的孔秀对妈妈原封不动地说了那个仙女的话。妈妈说："那是你奶奶供着的菩萨仙女吧。你是看多了那仙女，就夜里梦见了。菩萨是真正的好人，她教人为善，你大了就知道这是什么意思了，我也说不清楚。"

小时候，她做过好几次这样的梦。

奶奶每天晚上都给供桌上的菩萨磕头。小孔秀看得多了，她一到奶奶家，夜里就等奶奶给菩萨上了香，磕了头才睡觉。

奶奶桌上供着的菩萨，就是一只手拿一个小水瓶，另一只手拿着一根绿色小树枝。

妈妈确实不能给孔秀解释梦里仙女的话,她自己没上过多少学,她也不懂那些话。仙女那些话,孔秀几十年后还记得清清楚楚。再梦见那仙女,孔秀已经是几个孩子的妈妈了。

那是她在单位遇到艰难,在家又遇到不测,只想一死了之时,她似乎在冥冥之中,又听到过那个仙女的声音。是那个仙女告诉她,你死了,你的大儿子来找妈妈到哪儿找?你的小弟弟将来有了难,找你怎么办?还有,你不是还有当作家的理想吗?这可是你在上小学作文课时就立下的志愿……孔秀头脑清醒了,她要活着!再难她也要活下去。那是仙女的提醒,是仙女在冥冥中救了她。

三十一

梦,也承载了孔秀的青春回忆。

说是青春,也谈不上青春。那是孔秀上小学三年级时的童心世界。

孔秀小学三年级时,十三岁。十三四岁的女孩子,心里是一片明净的天地。女孩子的十三四岁,也是最容易染上记忆颜色的年龄。

孔秀从小学一年级就是班里的班长。一个班,除了班长还有学习委员、文体委员。

三年级时,班里的学习委员改选成一名男生。他白净端正的清秀面庞,聪慧明亮的眼睛,端端正正的鼻子和嘴,直溜溜的小身材,以及门门功课是满分的成绩和一笔娟秀的字体,引得不少女同学都愿意和他搭话。

别低看小小的三年级学生,都在十三四岁的年龄,这是个情窦初开而又朦朦胧胧的小花骨朵季节。

那时候,两人一桌,都是一个男同学、一个女同学。一学期换一次座位。于是,大胆的男同学便开始向女生开玩笑:"这学期,你们谁愿意和我是一对，我就买糖给你们吃。"

班里所有的女同学，几乎都愿意和学习好、长得白净聪慧的学习委员在一桌。谁不愿意和学习委员在一起坐，把学习成绩提得高点儿？

小小的孔秀发现，每到排座位时，那个默默无闻的学习委员都在注视自己的排列。他好像有意地要和孔秀排在一起，本来一队男同学、一队女同学，孔秀排在女同学队里的第二十名，他呢，好像在数数，也排在男同学的二十名。但老师不允许这样坐，老师说："你俩不能坐在一起，你俩都是班干部。"他被拉到后边去。

五六年级时，孔秀被选为学校少先队大队长。他，也被选成大队学习委员。开会时，她和他接触多了。每次在一起开会或讨论问题，他都很注意孔秀的表情。有时他还腼腆地脸一红，让孔秀也感到不好意思。

同学们最爱开他俩的玩笑。按例，每星期六下午开一次大队委员会。一到这个时候，同学们就开玩笑地说："大队长，大队学习委员，你们小两口快开你们的会去吧。"于是，同学们就笑啊、跳啊，把他俩往一起推，班里像烧开了锅。

他俩谁也不好意思再去了，只坐在教室里上自习。不一会儿，大队辅导员便进教室来叫他们说："唉，你们怎么老让我来叫你们呢？别的委员早去了，只等你们俩。"他们分别收拾好书包走出教室。班里不少同学捂着嘴笑，有的还一个劲儿扮鬼脸。

孔秀不知为什么，对儿时的事，记得格外清楚。

她记得，那时，她一看见他，心里就不自在，手也不知放在什么地方。

她和他说话时，从来不敢看他的眼睛。她觉得，他的眼睛有一种炽热的感觉，他很在乎她对他说的话。每次，她一说话，他就摆出立正的姿势，好像他不是一个学生，倒像是一个士兵，在听指挥员的命令。

为此，孔秀不轻易单独对他讲话。班里的事，少先队大队部的事，她全是在集体场合说。

他呢，或许也怕同学们开玩笑，也不敢轻易找她谈话。在学校走个面对面，他会深情而微笑地看她一眼，常常为这一眼，她好半天心跳加快。

　　孔秀开始躲着他走，可他偏偏又像故意要和她走个面对面。有几次下课，他本来应从后门进教室，因为他的座位离后门很近，但他偏偏从前门过。等她坐好后，他冲着她笑笑，从她身边擦衣服过去。

　　班上，孔秀只要遇见难为情的事，他总是有办法为她解围。

　　那次，孔秀进教室时，一不注意，上衣袖子被门上的锁挂坏了。当时，正赶上是自习课。按要求，他应该替代老师上，因为他是学习委员。但他马上宣布："下课。回家自习吧。"在宣布这个决定时，他是看着孔秀的眼睛说的。孔秀很感激他，她可以尽快回家缝衣服了。

　　还有一次夏令营，夜里有一次远行军活动。远行，也就是夜里摸黑背着行李走十几里路。月亮那天很亮，把大地几乎照成白色。

　　崎岖的田间小道很窄。本来按大小个儿排队，他应该排在最后。因为那时六年级的他，个子已长成近成人的个儿，一米六八。

　　不知是他有意的，还是凑巧，他排在孔秀的身后。一路上，他对孔秀十分关照。当她不注意踩脱前边那个同学的鞋，那同学抱怨时，他赶快从中调解说："老黑的天，脚下的鞋可是看不清，咱们都注意脚下，别踩着前边人的鞋。"一句话，大家都笑了。那个同学马上改话说："真的，我也难免踩前边人的鞋。"他前边的人说："那我把鞋先脱了算了……"大家反而活跃起来。在过一条田间小渠时，女同学们都胆小，男同学们都迈过去了，女同学们谁也不敢迈。

　　是他把孔秀拉过小水渠的。当时，拉得有点儿猛，他的手热乎乎的，拉得很紧。

　　这在当时，本来是很自然的事，可她一生都没忘记。

　　从那次起，孔秀没跟他说过一句话。看见他，孔秀就躲着走。她怕别人的闲话，怕别人的议论，怕他那双热乎乎的手，更怕他那炽热的目光。

入中学时，孔秀和他又分在一所中学，只是不在一个班了。孔秀在五班，他在八班。

他们八班紧挨学校门口，可他常常是上下学全从五班门前绕过去。他在经过门口时，那眼光又向五班教室内认真张望，寻找着她的影子。

她呢，只要下课一出教室，第一眼就是望一眼八班的教室门。她猜测着，他的班是否下课，他是不是还在教室内。

辍学的那天是孔秀最后一次见到他。她走出校门口，他就走在离她十米的地方。她真想回头告诉他，自己第二天就不上学了，可她没有，她怕别人说闲话，更怕自己控制不了感情，眼泪会掉出来，因为她辍学是无可奈何的事情。

从离校那一刻起，孔秀就没忘记过他。她骑着自行车上下班，常常在人潮中寻找他的影子。因为他每天上学，都是骑着自行车。她一边往马路右边的对面辨认他那白净的面孔和那双明亮的眼睛，一边看前边，寻找那个熟悉的后脑勺。

她清楚地记着，他骑车的姿势很端正。在小学五年级以后，他就开始骑自行车上下学。他的自行车擦得很亮，有时下学早了，他就蹲在学校的操场边，用心擦他的自行车。骑车时，他有自己习惯的姿势，从后面看，他在自行车上坐得很正，身板挺直，脖子很白很长，头发总是理得很短、很齐。

离校二十多年了，在路上行走，她已形成了寻找他影子的习惯。

然而，她一次都没见过他。

他们在小学毕业时，各班都照了相。她把这张相片放在桌子的玻璃板下。那些年，每当看到这张相片，她总是第一眼看到的就是他。

记得年轻时，她的同事中有一位和他是一条街上的。孔秀常常向那位女同事打听他的消息。那个同事后来说："你这是怎么啦，怎么老是问他？你不是喜欢上他了吧？"

"这怎么说呢，我都好几个孩子了，早没权利喜欢什么人了。只是小学的同学，觉得挺有意思的。"孔秀忙解释。

"那就去找他聊聊天，小学同学聊天有童趣。"那女同事说，"等星期天我回家时，带你去，你也到我家认认门儿。"

"唉，认你家门儿，倒应该去。找他？没必要。都出学校这么多年了，那是小孩儿时的事儿。"

孔秀从那时起，再不敢向那个同事打听他了。

但心里，还是忘不了他。

在她与丈夫不欢而散时，她想过他。她想，如果我一生是和他组成家庭，会是这样吗？

当她和丈夫发生口角时，她也想过，如果我和他遇上这类问题，他也会和我翻脸吗？

她也想起与第二个丈夫的婚姻生活，第二个丈夫爱拿主意。婚后，从没听过她对生活的意见，就是做什么饭、穿什么衣服，都要求她听他的。她就是说她对一些事儿的看法，他也不听。

人老了，孔秀又找了个老来伴儿。

想到这儿，孔秀突然发现一个问题。一生结了三次婚，这三个丈夫有一个一致标准，那就是一米六八的个儿，都是白净的面孔，明亮的眼睛，都能写一笔娟秀的字体。

她想着想着，自感脸红起来。

她从没有这样地认真回想过。她每次找对象，也没有要把那个学习委员当成模版。那为什么，这三个丈夫的长相都和他那样相似……

一次离，是人家的错；二次离，是人家的错；那三次呢？这不能说孔秀的婚姻选择和家庭关系的处理没有问题。

其实，她选择的婚姻模式，万变不离其宗。那个小小的学习委员，早已遮挡住她现实生活的要求准则。她的理想化丈夫早已形成固定的样子，只是她没认识到而已。

她一生在婚姻上栽了那么多跟头，可以说被碰得头破血流。她曾不止一次地苦苦思索过，无数次问自己：这是为什么？她多少次从自己身上找原因，但只局限在具体生活这难念的经里，从没往这方面思考过。

人，光有白净的面孔、明亮的眼睛，写一笔娟秀的字体，是不算志同道合的。生活，是一本有滋有味的字典。人只有读懂它，才能驾驶家庭这个生活之船。

那个小小的学习委员，后来怎样了呢？

孔秀所在的小学校中，一位张老师年岁高了。有次他托孔秀小学所在班的体育委员说："我老了，快八十岁了。这一生中，我感觉最顺利、最快乐、最省心的两年，是做你们班班主任的时候。你们那个班，和别的班比，省心省得不是一点儿半点儿，而是省心省大了。只要和班长说一声，这堂课该上什么课，不用管，你们自己就安排得妥妥当当。尤其是自习课，还有课外活动时间。你们自己组织得有条有理。学生们听班干部的，班干部管的还不多。别的班，老师一不在，班里就乱。唉——我当时好像家里有点儿事。我在不在，班里学习成绩照样好。上课时，纪律也好。学校组织文艺活动，班干部不让我操心。他们自己组织的活动既有舞蹈，又有唱歌，还有诗朗诵。别的老师问我：'你们怎么组织的这么多的小节目？'我说：'我没管他们，全是他们自己组织的。'期中考试和期末考试，总分在全校都是第一名。我觉得这个班真好！希望你把这个班的学生再召集一次。三十年了，你肯定召不全。召来多少算多少。"张老师慈祥地看着他三十年前的学生。

"行行行！"体育委员连连答道，"我一定尽力而为。"从当体育委员起，他就喜欢足球。学校毕业以后，他在某小学任体育老师，他特别喜欢教学生踢足球。他还负责全市工人的足球训练，他是全国一级足球裁判。他个儿不高，一生与足球相伴。他答应了老师，就不辞辛苦地组织一次小学同学三十年后的聚会。

体育委员最先告诉的就是孔秀，因为他和孔秀有联系。那时孔秀的女儿开无线电门市部，孔秀利用星期天替女儿站柜台。

他爱好无线电的修理，常去门市部，才相互认出来的。

从知道了三十年前的小学同学要聚一次的那天起，孔秀就开始每天回想那个小学学习委员的样子。想他那白白净净的面庞，明明亮亮的大眼睛，挺拔的个头儿。有时，他的样子又开始浮现在她的梦中。

她试想着，这次小学同学三十年后的聚会，会是什么样？她和他——那个学习委员的相见，会是什么样？

人老了，是会变，他大概会来得很早，别的同学还没来，他就来了，因为她是爱早来的人。上学时，她就爱早早来到教室。他这次肯定是要早来的。他知道她会早来，他怎能在这三十年才聚一次的机会里，失去单独和她说话的机会呢？他会很亲热地和她说几句话，以示几十年的思念。如果是那样，她用什么态度回答他呢？

这种思念像一缕缕光泽，在她脑中不知闪现了多少次，弄得她晚上睡不好觉，白天工作没精神，上下楼时，像踩着棉花走，飘飘悠悠的。

好不容易盼到那一天，那是夏末秋初之时，太阳温暖地照在丰收的大地上。每个同学在经历了三十多个春秋以后的人生丰收季节里，汇聚在当年的教室里。教室已进行过大整修，但总的轮廓没变。教室前的操场已有砖砌的围墙，但儿时种的树还在，它们已被围墙挡在校门口。当初一棵棵手指细的小树，如今已是硕大的一棵棵参天白杨。它们像一排挺拔的哨兵，分别排列在校门口，意志坚强而又不屈不挠地守卫着学校的一草一木。它们都是青春见证人，在三十年后，又成了迎接他们的欢迎仪仗队。它们不会说话，但它们会拍手，看见当初栽它们的恩人来了，树叶就哗啦啦地响。有的树叶为了迎接他们，不时地从树上急不可耐地落下来，向他们表示谢意和欢迎，有的树叶还落在学生们的脸上、身上，大概是一种亲吻和爱意的表示吧。

三十多年的变化太大了。昔日的少女俊男，如今已是灰发苍苍的老人，一个个秃顶驼背，实在让人不好分辨。

人来得真不少，三十多个同学有的特意从外地赶来。这一次别开生面的聚会不容易，当然要数体育委员最不容易，是他费心召集的。

不论哪个同学来了，首先认出的都是张老师。大家一个个亲热地扑到老师跟前问好，喜得年近八旬的老师脸上绽出一朵青春芙蓉。

孔秀那天在单位值班来得较晚，当她看见大伙儿时，愣了。她几乎除了老师和体育委员，谁也认不出来。

是体育委员给大家做的介绍。"大家记不得了？她是孔秀。"老师也一边紧紧地握着孔秀的手说："我最想你了，这个班你最让我省心，你就是这个班的班长。"

同学们一边鼓起掌来，一边纷纷和孔秀握手。他们的欢笑声，几乎快把教室抬起来了。

在谈笑中，孔秀用眼光寻找着那个学习委员。是他，他正在离她不远的地方和一个同学交谈。眼睛还是那么大，但不怎么亮了，好像患有白内障；那时一笑一口的白牙，如今，也不那么白了，还显得黄不溜秋的；脸庞上的变化更大，皱纹布满了脸颊，怎么找，也找不到那时那么白嫩的脸庞了。

三十多年了，他变化真大呀！他穿着一件极普通的灰色旧衬衣、旧蓝制服裤，没穿袜子，脚蹬着一双旧黑色条纹布懒汉鞋。

他木讷地向孔秀笑了笑，算是打了招呼，他对别人说："她叫孔秀吗？这个人也是咱们班里的同学？俺咋一点儿记忆都没有呢？"

别人告诉他："是呀，你谁也可以不记得，应该记得住她，她是咱们班的班长啊。"

他摇摇头,又像在搜寻他儿时的记忆,他用力地搜索过记忆后,又对别人说:"俺还是记不起她。孔秀,这名字和人,俺都记不起来了。"

孔秀听到这儿便笑着迎到他跟前说:"我记得你,你是咱们班里的学习委员。当时,你的个儿最高,一米六八,一直坐在教室最后一排。上学时,你就会骑自行车,咱们班骑自行车上学的,你是头一份儿。"

"对呀,你咋把俺记得这么清楚,俺可啥也记不住你了。"说完,他难为情地笑笑。

孔秀心里一阵苦笑。

大家由老师提议,围坐在教室里,一边嗑瓜子,一边喝着茶水,一边自我介绍:简单说一下现在干什么工作,家庭里的成员。

当然,每人说完,大家都是一片掌声。掌声里充满了童年的天真、快乐。

他们大多是工人,也有一部分是大学教师、中学校长,做新闻记者的只有孔秀一人。

学习委员自我介绍时,孔秀平心静气地听着。他是用一口地道浓重的家乡话介绍着自己:"俺在一个木器模具厂当车工一辈子,不过现在不错。"说到这儿,他掩饰不住骄傲的心情接着说,"俺们代班长给俺配了个学徒工,帮着俺干活儿,俺能蹲在旁边吸支烟了。"说完,他满足地扫了大家一眼。

当然,出于礼貌,谁说完都会有一片掌声。

孔秀感觉自己给他的掌声最大、时间最久,似乎是在表达她对他几十年的思念。她对他几十年的思念之情,也就在这掌声里,倾诉得完完全全、彻彻底底。

鼓完掌,她默默地笑笑,摇摇头,好像是在否定他,也在否定自己。

孔秀想,如果能重新规划自己的命运,她也许不会这样度过一生。人,只有五十岁以后,才清楚自己的一生,什么是对,什么是错。岁月不会倒流,不论是对的还是错的,只能让时间的流水冲刷自己的过去。

致孔秀（代跋）

张阿莉

可曾见，远处微茫的路
可曾闻，耳边笛声呜呜
喧嚣或私语
都被善意的风吹散
头戴荆冠
走过铺满砺石的路

柔软的手，抓牢有和没有
奔跑的风，吹过指间缝
一身孤勇
撒落的豆种成金
穿越浓雾
看到了更多风景

站在时间的这头
你看到翻转的星斗
难忘的已经遗忘
只感恩过去的种种

一秒间
隐入众生